早安，今天的鬼故事加點洋蔥嗎？

早餐店阿姨什麼都記得住

路邊攤－著

suncolor
三采文化

記憶力，
是上天賜給早餐店阿姨這個特殊族群的超能力。

作者序

那些早餐店帶給我們的滋味

這本書的起源，是來自我發表在粉專「鬼話連篇路邊攤」的短篇故事〈早餐店阿姨什麼都記得住〉，講述一名早餐店老闆接到來自鬼魂的點餐，並透過她超乎常人的記憶力來發現案件真相的故事。

這篇故事發表後引起了很大的迴響，不只讀者們喜歡，也有很多新讀者是看到別人分享這篇故事後，就成為路邊攤的死忠顧客了。

之所以被大家喜歡，我想是因為大家都對這個題材有感覺吧？畢竟台灣的早餐店已經形成一種特殊文化，在台灣生活的每個人都去過早餐店，也親眼見識過早餐店阿姨們那超人般的記憶力。

我一直覺得自己是個沒什麼記憶點，不會被其他人注意到的人，不過只有一個例外，就是早餐店的老闆。之前還在當大夜班保全的時候，我下班後都習慣去一間早餐店買早餐回家（雖然對我來說已經是晚餐了）。

那是一對夫妻經營的小早餐店，店面很小，只有五、六個座位；菜單上的選擇也沒有知名早餐店那麼多，不過他們家的肉鬆蛋吐司很合我的胃口，買過一次之後，我就每天都會去了，點的都是吐司跟豆漿的組合。每次到店裡時，老闆夫婦總是忙著招呼客人，他們的視線跟注意力都放在製作台上，幾乎不會跟客人聊天。我每次都是點完餐後等待，然後拿了餐點就走，沒有跟他們聊超過三句話。

有一次，我剛走進店裡，老闆娘抬起頭瞄到我，突然放下製作台的工作跑去冰箱前面，打開冰箱不曉得在看什麼，然後又匆匆跑回來，對我說：「先生不好意思，我們的豆漿還來不及備好，你今天要喝點別的嗎？」

他們其實記得我嗎？除了驚喜之外，我還覺得很不好意思；其實沒有必要為了我特地跑去冰箱確認的。除了種類多樣化的早餐外，這種被記住的重視感也是台灣早餐店的魅力之一吧！

把早餐店跟鬼故事融合在一起寫成長篇故事並不是件容易的事，還好早餐店帶給我們的不是只有記憶力驚人的早餐店阿姨，還有喝完必拉的大冰奶、冬天時能暖手的玉米濃湯，以及每個陪我們一起吃早餐的人……還有些早餐店可能已經關門，再也吃不到了。

不過沒關係，希望書中的故事能讓大家再重新回味，那些早餐店帶給我們的獨特回憶。

穿越時空的早餐店
開了這間早餐店，
玉蓁才發現自己好像並不普通。
或者說，是早餐店讓她變得與眾不同。

「我要一個紐澳良雞腿堡，要加蛋；一個薯餅，還要一杯無糖冰豆漿。」

「一份歡樂兒童餐，飲料做小杯奶茶，然後再一份綜合拼盤套餐，飲料要大杯的奶綠。」

「我要三個蛋餅，口味要鮪魚、里肌跟總匯；鮪魚要加起司，另外兩個不用。醬油幫我加多一點。」

「你好，Uber 取餐！917的訂單好了嗎？」

「薯餅、蛋炒熱狗、雞米花、洋蔥圈、小肉豆、黃金QQ球……對，我剛剛說到的都要一份，然後還有飲料，飲料要……。」

這是一間中西混合的早餐店，從中式傳統的蘿蔔糕煎餃豆漿，到西式的義大利麵漢堡奶茶都有賣；店裡放著悅耳的輕音樂，簡單又時尚的裝潢讓這裡看起來就像一間咖啡廳。

每天早上，在早餐店櫃檯的玉蓁就跟在戰場上一樣，只是朝她飛過來的不是子彈，而是各式各樣的點餐內容。雖然每張桌上都有點餐單，也有提供手機線上點餐的功能，但多數顧客還是喜歡直接到櫃檯，看著牆上的菜單唸出想要的餐點。

玉蓁早餐店的運作模式是這樣的，玉蓁坐鎮在櫃檯，負責所有顧客的點餐、結帳、出餐，內場員工只要在廚房把餐點做出來就好。

位在第一線的玉蓁不只要面對現場的客人，還要處理電話跟外送平台的訂餐；數不完的訂單、接不完的電話、不斷湧入的客人，讓玉蓁的大腦沒有一刻能休息。

玉蓁的早餐店不是加盟，而是她一手從無到有經營起來的。為了跟連鎖店做出區別，這間店沒有諧音店名跟商標，「玉蓁早餐店」五個紅底白字的大招牌直接掛在店面上方，每個字的招牌各自分開，看上去十分醒目，比連鎖早餐店更能吸引客人。

早餐店剛開始營業時，玉蓁曾擔心自己能不能勝任老闆的位置把店管理好，因為從小到大，她一直覺得自己並不是個聰明的人。

跟大家一樣，她只是個普通人而已。

直到開了這間早餐店，玉蓁才發現自己好像並不普通。

或者說，是早餐店讓她變得與眾不同的。

只要站在櫃檯面對客人，她的大腦就會以不可思議的速度開始運轉。哪個客人點了什麼、幾號桌、金額多少，她全都記得一清二楚，不曾出錯過。不只記憶力，連她的心算能力也進化了；她一開始還需要用計算機來結帳，現在只要聽到客人的點餐內容，金額就會在腦中自動加總，算出總額。

連玉蓁自己也無法解釋這種現象，只能說這是上天賜給早餐店老闆這個特殊族群的超能力吧？

時間在不知不覺中過去，早餐店已經開了十八年，當地的居民都變成了老主顧，玉蓁在當地小孩的口中，也從親切的早餐店姐姐變成了早餐店阿姨。

只不過，小朋友點餐時要是叫她阿姨，她都會自動忽略就是了。

❀

玉蓁早餐店的營業時間是早上六點到下午兩點。通常在一點多之後，吃午餐的人潮便會逐漸散去，玉蓁也能稍微喘口氣，收拾一下櫃檯，為結帳跟打烊做準備。

剛把櫃檯桌面整理乾淨，她注意到櫃檯旁的餐架上還有一袋早餐。餐架是為了外送跟電話訂餐的客人而準備的，先做好的餐點都會放到架子上等他們來領取。現在還剩一袋，代表還有人沒來取餐嗎？

玉蓁走到餐架前，看了一下袋子上貼著的紙條，上面印著餐點的內容：一份鱈魚蛋堡、一份招牌總匯三明治、一份蘿蔔糕跟三杯米漿；除此之外還有一支訂餐的電話號碼，代表這位客人是打電話來點餐的。

「這支電話是……？」

一看到電話號碼，玉蓁就想起來了，一個鮮明的身影從她腦海中浮現出來。那是一名三十多歲的男子，他習慣打電話來點餐，差不多十分鐘後就會來取；男子戴著眼鏡，相當斯文有禮貌，有時候餐點還沒做好，他也會站在旁邊默默等待，不會催促。

假日時，男子偶爾會帶小孩跟太太一起來店裡用餐。小孩看起來剛上小學，是個很有活力的小男孩。

男子點餐的組合都是固定的，主食跟飲料各三份。或許是想讓家人能吃到不同的口味吧，他每次點的品項都不一樣，今天是漢堡，明天換吐司；今天喝豆漿，明天換奶茶，每次搭配都不一樣。

還有……對了，每次來取餐時，男子都穿著休閒的居家服，玉蓁猜他就住在樓上的懷恩社區裡。

懷恩社區有五百多家住戶，是當地有名的大社區。玉蓁的店面就在社區一樓，從社區門口出來右轉就能看到，許多住戶都是玉蓁的老顧客。男子一家應該也是住戶，只是訂了餐卻沒來取，這種情況還是第一次發生。

該不會是忘記自己有訂早餐了吧？玉蓁決定拿起電話，直接撥打紙條上的訂餐號碼，跟對方問個清楚。

電話響沒幾聲，一名女子便接起了電話。「喂，你好。」

玉蓁認得這個聲音，正是那名男子的太太。她接著問：「妳好，這裡是玉蓁早餐店，你們早上有打電話來訂餐，請問還有要取餐嗎？」

「……取餐？」女子的聲音有些遲疑，似乎聽不懂玉蓁的意思。

「是，是妳先生打電話來點餐的。他點了……，」玉蓁把餐點內容說過一遍，然後又問一次：「請問有要來取餐嗎？我擔心你們忘記自己有訂餐，而且餐點也放很久了，所以才想確認一下。」

「是我先生……打電話去訂的？」

不知道為什麼，女子好像從頭到尾都不在狀況內。儘管如此，玉蓁還是冷靜回道：「是的，是他打來訂餐的。」

「真的是他？妳聽到他的聲音了？」

玉蓁回憶今天接到的每通電話，當中確實有男子訂餐的聲音。

「沒錯，妳先生很常打來，所以我認得他的聲音。」

玉蓁沉住氣，打算迎接女子的下一個問題。

女子電話那頭短暫的沉默過後，最後的聲音竟然在發抖。「等我一下，我現在就過去。」

幾分鐘後，女子帶著男孩來到了早餐店。只是跟上次相見比起來，兩人完全變了一個樣子。

玉蓁記得上次看到他們全家一起來吃飯時，女子不管是用餐還是聊天，臉上總是掛著溫和的笑容。

而現在，女子的臉色憔悴蒼白，身形看上去瘦了不少，一向活力十足的男孩也變得死氣沉沉，一臉木然地跟在母親身後。

「妳好，我剛剛有接到電話，說我先生有訂早餐……？」

女子剛開口，玉蓁就把早餐拿到櫃檯上，說：「是的，妳先生訂的餐點在這裡。」

「是嗎……？」女子低頭盯著那袋早餐，沒幾秒的時間，她的雙眼快速泛紅，淚水眼看就要奪眶而出。

就算玉蓁身經百戰，面對過各種客人，女子現在的反應還是讓她措手不及。她不知道女子為什麼突然就哭出來了。

女子顫抖著肩膀，用啜泣的鼻音問道：「真的……真的是他打電話來訂餐的？妳確定那是他的聲音？」

「呃，是的，我真的聽到他的聲音了。」

儘管對眼前狀況一頭霧水，但玉蓁對自己的記憶還是很有信心。

「請問，妳先生他……？」

「他不在了。」

不在了？玉蓁還沒想好怎麼接話，女子又說：「他去世了，上個月走的。」

「啊……。」

玉蓁沒想到會聽到這個消息，同時一股矛盾感正在她腦中相互衝擊。女子的樣子看起來不像在說謊，但她今天確實有接到電話，聽到男子的聲音了呀……？

「我很遺憾。」玉蓁說：「妳先生一直很支持我們店，如果有什麼需要幫忙的，請跟我說。」

「阿姨能幫我們抓到害死爸爸的壞人嗎？」男孩突然抬頭說道。

又一個意料之外的資訊。她先生是被殺害的嗎？

「小佑，不要胡說，抓壞人是警察的工作。」女子小聲斥責。男孩又低下了頭。

「沒關係的。」玉蓁用溫和的語氣幫男孩打圓場，然後凝視著女子，問：「妳想跟我聊一下嗎？」

玉蓁也失去過摯愛，她知道這種感覺，不需要獨自承受傷痛，找個人說話會舒服一點。

女子似乎從玉蓁的眼神中感應到相同的電波，點了點頭。

✽

得知兩人還沒吃午餐後，玉蓁吩咐店員做了兩份熱騰騰的鬆餅給他們。至於本來那袋早餐，由於已經在餐架上放很久了，玉蓁覺得不適合給小佑吃，於是叫店員先收起來，之後再處理掉。

玉蓁跟女子坐在門口的位子，小佑則坐在櫃檯旁邊乖乖吃著鬆餅。跟女子簡單地聊過後，玉蓁得知女子名叫綵萱，她跟先生佑傑已經結婚十年了。

綵萱說，佑傑是在上個月底三十號因為車禍去世的，昨天剛辦完頭七。每天早上，佑傑買完早餐後，都會回家跟他們一起吃完早餐再出門上班，而事情正是發生在他開車上班的路上。

佑傑在等紅燈的時候，對向車道有一台車突然用破百的時速朝他撞過去。相撞後，巨大的撞擊力道讓兩台車的車頭都變成一團廢鐵，佑傑整個人卡在駕駛座裡，等消防隊切割車體把他拉出來時，他已經沒了呼吸。

「太可怕了……。」聽著綵萱的形容，玉蓁感覺到一股寒意竄上身體。她有看到這起車禍的報導，只是她沒想到死者就是那位先生。

「肇事的人呢？撞成這樣，他的傷勢也很嚴重吧？」

「是很嚴重，只可惜他沒跟著一起死……很多目擊的路人都說，肇事者下車的時候滿臉是血，瘸著腿逃走了。」綵萱咬著牙說。

「竟然在市區開到時速破百，是酒駕嗎？」

「不知道，因為警察現在還沒抓到肇事者。」綵萱說：「警察有從車子查到他的身分，那個人前科累累，居無定所，進過好幾次監獄，好像還當過黑道的打手。」

牽涉到黑道兩個字，玉蓁感覺事情不太單純。該不會是尋仇吧？

像是知道玉蓁在想什麼似的，綵萱說：「警察一直問我佑傑有沒有仇人，怎麼可能會有……佑傑是很認真的社工，一直在幫助人，他的工作根本不可能得罪黑道。」

玉蓁很快為自己剛才的想法感到羞愧。一個人的為人如何，從他對待服務業的態度就能看得出來，佑傑絕對不可能跟黑道有關係。

「不管怎樣，我相信妳先生一定很愛你們。」玉蓁說：「他今天會打電話來，我想就是趁著頭七回來，再幫你們訂最後一次早餐吧。」

「如果是這樣的話就好了，只是……。」綵萱緊握住拳頭，說：「比起早餐，我更想要快點抓到肇事者，看他被繩之以法。」

✽

綵萱跟小佑離開店裡後，玉蓁仍坐在座位上，像是在思考著什麼。

一名店員從廚房裡走出來，問：「老大，剛才那對母女有什麼事嗎？」

「沒什麼……廷揚，你相信有鬼嗎？」玉蓁問。

「相信啊。」名叫廷揚的店員率直地說。

「你看過？」

「出社會這麼久，什麼鬼都看過了。」廷揚說完，回廚房繼續打烊工作。

玉蓁則是看向點餐用的平板電腦。如果她接到的電話真的是佑傑的鬼魂打來的，玉蓁總覺得他想要的並不是訂餐這麼簡單，而是想要傳達什麼。

為了讓家人能吃到不同的餐點，佑傑每次訂的品項都不一樣，但他今天點的內容，一份鱈魚蛋堡、一份招牌總匯三明治、一份蘿蔔糕跟三杯米漿……在玉蓁的記憶裡，這個組合已經重複了。

玉蓁調出平板的訂餐紀錄，果然在上個月的二十九號看到了同樣的點餐內容，正是佑傑去世的前一天。

為什麼他要重複那一天的點餐內容？那天發生了什麼事嗎？

不到一秒的時間，玉蓁便想到了答案。那天店裡確實發生了一件事，電腦沒有紀錄，她卻清楚地記在腦裡。

玉蓁用手機找到三十號當天的車禍新聞，看到兩台車撞在一起的現場照片後，她心裡已經有了底。

她拿起電話，又撥到了綵萱家裡。

剛回到家的綵萱很快接起了電話。

「不好意思，我是早餐店的玉蓁，方便再跟妳請問一件事嗎？」玉蓁問：「二十九號早上，妳先生去世的前一天，他拿完早餐回家後，他的行為舉止有什麼怪異的地方嗎？」

「怪異的地方？」綵萱一時間也想不起來。她問了身邊的小佑，很快就有了答案。

「爸爸那天把早餐拿回來，沒有跟我們一起吃，說工作有急事要處理，很快就出門了！」小佑接過電話說：「爸爸之前都會坐下來跟我一起吃完早餐的，那天卻沒有，所以我記得很清楚！」

小佑說完後，綵萱擔心地接過電話，問：「請問妳是不是想到什麼了？跟肇事的人有關係嗎？」

「我還不能確定，不過小佑幫了很大的忙，請幫我謝謝他。」

玉蓁沒有給出肯定的答案，因為要拼出真相，她還要從記憶中再找到一個人才行。

❁

絕對就是她。

那是一棟跟懷恩社區不同，相對高級的公寓大樓。看到那名女孩從大樓門口走出來，玉蓁很快迎上去擋在她面前。

玉蓁的出現顯然讓女孩嚇了一大跳。女孩年約二十五、六歲，穿著一件貼身的紅色低胸迷你裙，露出一雙修長美腿，性感的妝容讓她看起來像正要前往夜店。只是現在才傍晚六點，去夜店也未免太早了。

「妳還認得我嗎？」玉蓁盯著那女孩的臉問道。

「認得，妳是那間早餐店的老闆……。」

「我想跟妳聊一下上個月二十九號的事情，方便嗎？」

「我……。」女孩語帶遲疑。她還不知道玉蓁為何要來找她。

「那一天妳有來我們店裡，對吧？」玉蓁繼續說道：「只是妳當時沒有點餐，而是跑進廁所把自己關在裡面。後來有個男客人去敲門，隔著門跟妳講了一些話之後，妳才願意出來，還記得嗎？」

「對，我記得。」女孩這時才想到一件重要的事，帶著戒心問道：「等一下，妳怎麼知道我住在這裡？」

「因為磁扣。」玉蓁指著女孩手裡的鑰匙圈，說：「妳不是第一次來我們店裡了。妳之前也常來買早餐，穿的衣服跟今天差不多，看起來很疲憊，所以我猜妳不是準備去上班，而是剛下班。妳每次結帳的時候手上都會握著鑰匙圈，門禁磁扣上印著大樓的名字。夜間行業都差不多這個時間去上班，所以我才會在這個時間來這裡等。」

從玉蓁如願見到女孩這一點來看，她都猜對了。

「我想跟妳聊一下那天的事情，可以嗎？」

「對不起，我趕著上班……。」

女孩邁開腳步，打算從玉蓁旁邊繞過去。

「那位客人死了。」

聽到這句話，女孩瞬間停下腳步，驚愕地轉頭看向玉蓁。

「妳沒聽錯，當時跟妳講話的那位客人，他去世了。」

❀

在路邊找長椅坐下來後，女孩的心情仍無法平復下來。她的胸口劇烈起伏，好一段時間說不出話來。

好不容易讓呼吸平息下來後，女孩問：「他是怎麼……怎麼離開的？」

「是車禍，不過對方是故意撞上去的。」

玉蓁打開新聞給女孩看，包含了現場的照片。

一看到現場被撞爛的車輛，女孩全身像觸電般抖了一下，驚駭地說：「是他的車……。」

玉蓁不知道這個「他」指的是佑傑還是肇事者，只能等女孩主動說明。

女孩名叫依婷，之前在一間酒吧上班，工作地點跟懷恩社區只隔了一條街，所以她下班時，偶爾會去玉蓁早餐店買早餐。

「其實……我到那間酒吧上班也沒有很久，因為我一直在躲我的前男友，所以經常換工作。」

「妳的前男友有暴力傾向嗎？」

「嗯，他有很多前科，情緒容易失控，而且嫉妒心很強，看到我跟別的男生在一起就會大發雷霆，所以我不敢在一個地方待太久，怕他找上門。」

說這些事情時，依婷就像在講別人的故事一樣，幾乎是面無表情。

「那天我從酒吧下班的時候，他就站在對面的街道上看著我。我那個時候真的嚇到魂都飛了，當時我只有一個念頭，就是快點逃跑，不要被他追上。我不敢回頭看，只是一直跑、一直跑，怕一回頭他就站在我後面……等跑到妳店門口的時候，直覺告訴我這裡是安全的，於是我就躲進去，把自己關在廁所裡不敢出去。」

玉蓁點頭表示理解。一個人在面臨生死關頭時，熟悉的地方往往最能帶來安全感。

「然後那位先生，妳說他叫佑傑是嗎？他好像一看到我就知道發生了什麼事，他敲門的時候說他是社工，問我要不要幫忙，或是幫我報警。我跟他說不用，因為我以前出過一些事，不是很相信警察……。」

「但妳選擇了相信他。」玉蓁說。

「嗯，我也不知道為什麼，但我就是覺得他可以信任，他是真的來幫我的，不會害我。」

「那時候他還跟妳說了什麼？」

「他叫我先在店裡等一下，他等一下會開車過來，載我去安全的地方。」

原來如此，佑傑那天拿早餐回家後又馬上出門，就是為了這件事。

「他後來開車載我到最近的派出所。他說後面沒有人在跟蹤，已經安全了。我下車的時候本來想跟他道謝，結果他說他上班快遲到了，很快就開走了。」依婷惘然若失地看著地上，說：「那天我就跟酒吧辭職了，因為我前男友已經知道我在那裡上班，我不可能再回去了。」

「佑傑回店裡載妳的時候，妳的前男友有在外面嗎？」

「沒有，我是確認過後才從店裡走出去的。」

「嗯……。」玉蓁猶豫了一下，還是決定把接下來的話說出口：「但他一定躲在別的地方，看到妳坐上了佑傑的車。所以他以為佑傑是妳的新歡，吞不下這口氣。」

依婷沒有說話。或許她看到車禍照片的時候就知道真相了，因為撞上佑傑的那台車就是她前男友的車子。

車禍當天，玉蓁的店還發生過一件事——佑傑早上來店裡取餐時，外面的馬路有一場騷動。

是一聲很長很長的喇叭聲。有人在叭一台違停的車子，就連當時正在忙碌的玉蓁也被這聲喇叭轉移了注意力。

一台鐵灰色的休旅車違停在店門口，後面被擋住的人正在叭他。那台車正是車禍中的肇事車輛。

玉蓁往外看時，休旅車的車窗剛好降下一半，她就這樣跟車內的駕駛對上了視線。

駕駛座上的是個面無表情的男子，他正用冰冷的視線瞪視著店裡。

玉蓁現在終於知道，男子雙眼聚焦的目標其實是佑傑。

依婷說她前男友有很嚴重的嫉妒心跟情緒問題，這樣的人寧可玉石俱焚也不會讓對方好過。他發現依婷有新歡後，仇恨的對象便轉移到佑傑身上。他準備用自殺攻擊的方式來跟佑傑同歸於盡，只是最後死的只有佑傑，重傷的他卻從現場逃跑，躲起來了。

「他是因為我才被殺的……。」依婷再開口說話時，低著頭，已經泣不成聲：「我能做什麼才好？怎樣才能彌補……？」

玉蓁輕輕握住依婷的手。

「妳可以選擇站出來，就跟佑傑當時選擇保護妳一樣。」

「一份巧克力厚片，一份檸檬雞柳條，再一杯大冰奶！」

「一份煎餃，邊緣要幫我煎脆一點喔！」

「我要三杯咖啡，一杯無糖、一杯拿鐵、一杯摩卡，三杯都要去冰。」

一如往常忙碌的早餐店日常，玉蓁在櫃檯忙著處理每位客人的訂單。百忙之中，她的眼神一直忍不住看向其中一桌客人。

坐在那裡的客人正是依婷跟綵萱。她們兩人坐在那裡一語不發已經好一段時間了，就算是在忙碌的櫃檯，玉蓁也能感受到她們之間的嚴肅氣氛。

依婷的前男友昨天已經被逮捕了。她用復合作為藉口，聯絡每個可能幫前男友藏身的朋友，這才成功把他從藏身的地方釣出來。

當然，警察已經先一步在碰面的地方埋伏好了，前男友一現身，警察便一擁而上把他壓制，並在他身上搜出好幾把刀子。原來他根本沒有打算跟依婷復合，而是跟撞死佑傑時一樣，抱著同歸於盡的心態赴約。他也跟警方承認，他本來的計畫是先殺了依婷，然後再自殺了結一切。

本來一直看著桌面的依婷終於抬起頭來，說：「對不起……。」

綵萱也抬起頭來看向依婷，臉上沒有任何表情。她現在的情緒究竟是哀傷還是冷靜呢？玉蓁實在看不出來。

「我知道不管我道再多次歉，妳先生都不會回來，但我還是要說對不起……。」依婷的肩膀因為愧疚而往內縮，整個人彷彿都變小了。「他是為了保護我……責任都在我身上，對不起，竟然為了我這樣的人——」

「不要再說了。」綵萱舉起手打斷依婷。

有那麼一瞬間，玉蓁以為綵萱要出手攻擊依婷來發洩情緒。但綵萱只是吐出一口氣，隨後就把手放了下來。

「妳知道嗎？知道真相的時候，其實我鬆了一口氣。」

綵萱嘴角揚起，露出了有著哀傷，卻又帶著驕傲的笑容。

「佑傑就是這樣的人，如果再給他一次機會，我相信他還是會做出一樣的選擇。」

依婷沒有再說話。從她顫抖的肩膀看來，她已經激動到說不出話來了。

「一直坐在這裡也不好，我們去跟老闆點餐吧，妳想吃什麼？我請妳。」

玉蓁聽到這句話就安心了，因為綵萱這句話的真正用意不只是要請吃早餐，而是代表真心的原諒。

玉蓁看向手邊的電話。除了佑傑那天點餐的電話外，她還想到了一個自己曾經失去的人。

如果鬼魂真的能打電話，為什麼那個人不打電話回來呢？

「老闆，我們要點餐。」

玉蓁抬起頭，看到綵萱和依婷已經站在櫃檯前了。

她深吸一口氣將情緒壓回心底，露出招牌的早餐店笑容。

「要點什麼呢？」

回到
最初的地方
有那麼多地方可去，為什麼偏偏要回來這裡？
他想，玉蓁說得沒錯，
回來是為了尋找最初的美好——

「歡迎光臨，先看一下菜單，稍後幫您點餐喔！」

亞學一走進早餐店，在櫃檯後面忙碌的玉蓁馬上抬起頭來招呼。

時間是下午一點，亞學本來以為這個時間點早餐店會比較沒人，結果客人還是很多，七成座位都是滿的，也有許多等著外帶的客人。

玉蓁跟往常一樣忙到不可開交，一下要幫客人點餐、一下要接電話、一下又忙著叫號出餐。不過她忙而不亂，口罩上的一雙眼睛隨時都在轉動，掌握著店裡的一切；同時她也注意到了亞學，因為亞學進入早餐店後就一直站在櫃檯前沒有點餐。

「你好，需要點餐了嗎？」把剛做好的一份餐點交給客人後，玉蓁把視線對準了亞學。

「不好意思，我找店長。」亞學說：「我是來應徵的，有電話聯絡過。」

「啊，我就是。」電話又響了，玉蓁指向店裡最裡面的座位，說：「抱歉，店裡現在還很忙，請你先到那裡稍坐一下，我很快就過去。」

「好的。」亞學不想打擾玉蓁工作，便先走到裡面的座位，坐下來等她。

趁著等待的空檔，亞學觀察了一下店裡。除了玉蓁之外，還有一男一女兩名店員在廚房裡製作餐點。

現在的早餐店跟以前有很大的不同。以前，大家吃早餐都是吃完就要趕著上班，因此不會在早餐店久坐，早餐店也不會太在意店裡的用餐環境，反正客人坐一下就走了。不過早午餐開始流行之後，在早餐店坐著吃午餐聊天已經是很常見的事了，早餐店開始走向舒適精緻化經營。亞學甚至看過有早餐店營業到下午，直接包辦下午茶的。

時間接近兩點，午餐人潮逐漸散去，玉蓁終於放下工作來到亞學的座位，拿下口罩說：「久等了，我叫玉蓁，是這間店的老闆兼店長。你就是亞學？」

「是的，老闆好。」亞學從座位上站起來。

「不要叫我老闆啦，這樣聽起來太沉重了，叫我玉蓁就好，你要再加個姐也行。還有一點，不能叫我阿姨！」玉蓁的語氣聽起來像在開玩笑，不過她的眼神十分認真。「我知道你們以前都會偷偷叫我阿姨，變同事的話就不行叫阿姨了，嚴格禁止！」

「咦？」

亞學還來不及思考，玉蓁又丟來一個問題。「你肚子會餓嗎？」

在來之前吃過一些東西，所以不會餓。亞學本來想這麼回答，不過坐在這裡聞了這麼久的早餐香味，讓他忍不住說：「還好，有一點……。」

「你等一下。」玉蓁到廚房跟店員說了幾句話。店員似乎早就接收到指示，很快就把做好的餐點交給她。

玉蓁把餐點端到桌上時，亞學簡直不敢相信，因為端上來的竟然是一盤蘑菇鐵板麵加蛋。大分量的麵條淋上濃稠的蘑菇醬，最後蓋上邊緣被煎得酥脆的荷包蛋，不管是視覺或是嗅覺，一切都跟亞學記憶中的一模一樣。

「我應該沒記錯吧？以前你媽媽帶你來的時候，你最喜歡的就是這個。你媽媽常說蘑菇醬太鹹，吃多了不好，但你就是喜歡吃店裡的蘑菇鐵板麵。」

亞學不敢相信。他在心裡選了措辭，說：「玉蓁姐，妳還記得我啊？」

「當然，你太小看我們早餐店老闆了，你剛剛走進店裡的時候我就認出來了。」玉蓁笑著說：「我也記得你哥最愛吃蘿蔔糕，每次都要焦一點。」

沒錯，亞學也記得哥哥亞孟最愛吃蘿蔔糕，不過現在的重點還是眼前的鐵板麵。

亞學拿起叉子輕戳荷包蛋，蛋黃表皮一受力就破了，鮮豔的橙黃色流淌下來，跟蘑菇醬及麵條合為一體，這正是亞學最喜歡的吃法。

亞學攪動叉子，把麵條捲在一起後送進嘴裡，記憶中的美味瞬間湧上心頭，真的太好吃了！

玉蓁心滿意足地看著亞學用餐，一邊問：「好久沒看到你們家的人了，你們家後來搬走了嗎？」

「對，我國中畢業的時候搬走的。」

十一年前，亞學還是國中生的時候，他們一家就住在懷恩社區。每天上學之前，亞學的母親都會帶他跟哥哥一起到玉蓁的早餐店買早餐。這麼多年過去，雖然玉蓁店裡的裝潢有點小變動，不過餐點還是一樣美味。而在亞學眼中，玉蓁還是以前那個美麗的早餐店姐姐，他從來沒有偷偷叫過玉蓁阿姨。

亞學一開始會裝作不認識玉蓁，是因為他不確定玉蓁能認出自己。當時的玉蓁對亞學來說是遙不可及的存在，不只能做出美味的早餐，在工作上的熱情跟溫柔更讓亞學把她視為女神。而現在，四十多歲的玉蓁臉上雖然多了幾道皺紋，但年齡的痕跡反而增添了成熟的魅力，絲毫沒有削弱女神的光環。

「你會來應徵，代表你們家又搬回來了嗎？」玉蓁的聲音把亞學從回憶中拉了回來。

「沒有，只有我回來，是用租的。」

懷恩社區的房間格局有分成好幾種，有適合家庭居住的大坪數，也有適合小資族承租的小坪數房間，亞學租的正是後者。

「還是熟悉的環境最舒服對吧？歡迎回來。」

玉蓁用笑容展開懷抱歡迎亞學。為什麼只有他一個人搬回來？如果是雞婆的老闆，一定會繼續問下去，不過玉蓁並沒有追問，這讓亞學鬆了一口氣。

吃完久違的蘑菇鐵板麵、填寫好入職資料後，玉蓁想把亞學介紹給其他人認識，便帶亞學走進了廚房。

「這是新同事亞學，他明天會來跟大家一起實習，請大家多幫他一下喔！」玉蓁介紹道。

「大家好。」跟新同事面對面後，亞學顯得有點不知所措，因為其中一位男店員顯然不是簡單的角色。

「這位是廷揚，他是我們店的主廚，煎台的食物都是他負責的。」玉蓁先跟亞學介紹那位不簡單的男店員。廷揚年約三十多歲，制服袖子外露出的雙臂全是刺青；戴著口罩時是還好，口罩一拿下來，凶狠的面貌配上刺青，給人一種難以接近的感覺。如果是他站櫃檯，恐怕沒有客人敢來點餐。

「你好。」廷揚冷冷地跟亞學打招呼。

「然後這位是呂媛姐，負責製作跟飲料，廚房裡就是呂姐跟廷揚一起完成的。」玉蓁接著介紹旁邊的女店員。那是一位年齡比玉蓁還要大的中年婦女，矮小的身材與和藹可親的笑容跟廷揚形成強烈對比，若不是剛才親眼看到，不然亞學根本無法想像他們兩人一起在廚房搭檔工作的樣子。

「你好，店裡有不懂的事情都可以問我們。」呂媛先幫亞學打預防針。「你不用怕廷揚，他只是看起來凶，其實心地很善良。」

「哼。」廷揚從鼻子哼出一口氣，像是在默默抗議。

「那我要負責做什麼呢？」亞學問。

「你要幫忙分攤呂姐的工作。不要擔心，明天你來實習的時候，她會手把手教你的。」

玉蓁拿出制服，還有店裡的菜單跟食譜手冊一起交給亞學。

「你回去看一下菜單跟手冊，先熟悉店裡的餐點跟製作方式，這樣明天會比較好上手。」玉蓁說。

亞學看著琳瑯滿目的菜單品項。看來今天回去有得忙了。

✽

亞學在懷恩社區租的房間是一廳一房一衛的格局，因為剛搬進來，屋裡還很空，只有房東留下來的家具。

回到房間沒多久，亞學就接到了哥哥亞孟的電話。

「都安頓下來了嗎？」亞孟在電話中問。

「嗯，有租到房子，也找到新工作了。」亞學把剛拿回來的制服跟菜單食譜放到客廳桌上，問：「媽還在生氣嗎？」

「當然，她氣炸了。爸也很擔心你，一直問我你在哪裡。」

「你知道我不能說，要是你心軟告訴媽，她一定會馬上跑來把我帶回去。」亞學嘆了口氣，說：「跟他們說我現在很好，這樣就夠了。」

「我知道了，總之你要照顧好自己，不要出事了。」亞孟沒有強迫他，就這樣結束了通話。

最危險的地方就是最安全的地方，爸媽應該想不到亞學會回來懷恩社區，還去玉蓁的早餐店上班吧？

亞學把玉蓁早餐店的菜單攤在桌上，打算先熟悉一下餐點，藉此轉移注意力，不再去想家裡的事。

可能是為了跟其他早餐店競爭吧，菜單上的品項明顯比亞學國中時還要多。本來只有賣奶茶、紅茶、米漿跟豆漿，現在竟然增加到二十幾種，光是奶茶就分成厚奶茶、奶綠、香草鮮奶茶、蜂蜜鮮奶茶好幾種。其他餐點的口味也變多了，要是有選擇困難症的人來點餐，肯定一看到菜單就暈了。

亞學聚精會神地看著菜單，一邊配合食譜手冊，打算先把飲料的製作配方都先記起來。

就在他剛看完奶茶類的飲料時，突然，一滴紅色液體從他的頭上滴落，不偏不倚地掉在菜單上，讓菜單多了一抹鮮豔的血紅色。

「啊！」亞學以為是自己流鼻血了，可伸手往鼻子上一摸，指尖卻一點痕跡都沒有。

亞學錯愕之際，只看到更多血滴憑空掉落，像下雨般陸續淋在菜單上，看上去就像有人用鮮血在點餐，菜單很快就被染成一片鮮紅色。

看到如此怵目驚心的畫面，他沒有驚慌失措，而是閉上了眼睛。

冷靜、要冷靜。

如果是一般人，早就嚇到奪門而出了。但這不是亞學第一次看到了。

只要冷靜下來，深呼吸，「它們」就會消失了……。

滴滴答答、滴滴答答……感覺還是有東西持續滴在桌上。

儘管已經有過好幾次經驗，亞學仍無法習慣這份體質帶來的意外驚喜。

他租下這裡前再三確認過，這裡沒有凶宅的紀錄，房租也沒特別便宜，為什麼還會在這裡遇到「它們」？

等那種感覺完全消失後，他才深呼吸一口氣，重新睜開雙眼。

菜單平躺在桌面上，上面沒有半點血跡，剛才看到的畫面彷彿只是一場他的夢境。

像在試探地雷會不會爆炸一樣，亞學輕輕推動菜單。他知道那不是夢，而是房間裡的「它們」想跟自己溝通。

本來，「它們」只是眼前模糊的影子，亞學升上高中後，那些鬼魂的影子就開始在他面前變得清晰了。

這樣的體質帶給亞學不少麻煩，之前的工作、家裡的狀況，全都因為那些東西而被搞到一團亂。

亞學現在搞不懂的是，他已經搬進來好幾天了，前幾天都沒有出事，為什麼等到現在才出現？

被鮮血染紅的早餐店菜單……這是什麼意思？亞學不知道，可以確定的是，在這房間裡的，不止他一個人。

✽

玉蓁早餐店的營業時間是早上六點到下午兩點，因為要準備開店，亞學五點半就要提早到店裡，順便學一下開店的東西。

亞學在五點二十分提早出門。昨天的事情讓他抱著忐忑的心情入睡，還好晚上沒有發生其他事情。

不管昨天出現的到底是什麼，亞學都希望它已經不在房間裡了。

走出社區大門，往右邊走就是玉蓁早餐店，可以看到玉蓁、廷揚跟呂媛都到了。奇怪的是他們沒有進去店裡，而是圍在店門口不知道在看什麼。

「玉蓁姐，大家早安。」

聽到亞學的聲音，三人一起轉頭看向亞學。亞學同時也看到了他們圍著的東西，是一隻趴臥在地上的狗。

那是一隻中等體型的棕色米克斯，牠身上的毛髮光澤已經褪去，全身沾滿灰塵，看得出來已經流浪好一段時間了。而牠現在緊閉雙眼，身體一動不動，看起來像是睡著了。

「這隻狗是？」亞學在玉蓁身邊停下腳步。

「我來的時候，這孩子就趴在店門口了。」

玉蓁的聲音飽含著哀傷。亞學這才注意到，如果是睡著的話，那這隻米克斯也未免太安靜了，甚至連一點呼吸的聲音跟起伏都沒有。

呂媛這時說道：「廷揚剛剛確認過，牠去世了。」

「怎麼會……是在門口被車撞到嗎？」

廷揚搖搖頭，說：「牠身上沒有傷口，應該是自然去世的。從牙齒跟皮毛來看，牠已經是十幾歲的老狗了。流浪狗的平均壽命是三歲，如果牠真的是流浪狗，能活到這麼久簡直就是奇蹟。」

「也就是說，牠可能是因為太老而被主人拋棄的。」呂媛把雙手握在胸前，心疼地說：「真是奇妙，之前都沒有看過牠，牠卻選擇在我們這裡安息……玉蓁，我們一定要好好把牠送走。」

「呂姐，我會的。」玉蓁繼續低頭看著地上的米克斯，說：「不過，這孩子對我們來說可不陌生呀。亞學，你還記得牠嗎？」

「咦？我？」

經過玉蓁的提醒，亞學又多看了幾眼那隻米克斯。本來以為牠只是普通的流浪狗，現在卻越看越覺得熟悉，好像以前就看過牠了……。

「牠是奶茶啊，你還記得嗎？」

「啊，奶茶！」

叫出名字的同時，亞學的回憶也湧了上來。玉蓁說得沒錯，這隻米克斯並不陌生。十一年前，牠曾經是玉蓁早餐店的一分子。

那個時候的牠還是一隻逗留在早餐店門口的小流浪狗，因為身上的棕色毛髮，來買早餐的客人幫牠取了不同的綽號，年紀大一點的客人叫牠米漿，年輕一點的客人叫牠咖啡，學生們則是都叫牠奶茶。

奶茶很乖，牠不會去糾纏早餐店的客人，總是在早餐店前像吉祥物似的乖乖坐著；有人餵牠東西吃時，牠才會主動上前撒嬌，像是作為客人的回報。

某方面來說，奶茶也幫助了玉蓁的生意，因為很多上班族客人都喜歡多買一點熱狗或雞塊之類的小點心，然後撕成碎片餵給奶茶吃。或許他們是想透過奶茶的撒嬌，在上班前補充最後一次能量吧！

亞學的母親不喜歡買點心，兄弟兩人只能在等早餐的空檔逗奶茶玩。奶茶看到他們總是很開心，或許在牠眼中，亞學就是跟牠年齡差不多的同伴吧？

直到有一天，奶茶沒出現在早餐店門口了。

偶爾一天沒出現，可能是牠躲在哪裡睡懶覺了吧？兩兄弟這麼想著。等到第二天、第三天都沒看到奶茶的時候，兩兄弟終於跑去找玉蓁問：「老闆，奶茶呢？」

「奶茶牠被好心人帶回家囉。」這是玉蓁當時的回答。

「所以奶茶以後不會來了嗎？」

「嗯，可是你們不用擔心，我想牠現在一定過得很幸福，每天都吃飽飽的。」玉蓁笑著說。

看到玉蓁的笑容，兩兄弟也跟著放心了。

時間過去之後，奶茶的影像在亞學的記憶中逐漸淡化，直到現在才全部想起來。

亞學蹲下身來仔細看著米克斯的臉。雖然牠的眼睛不會再睜開了，但沒有錯，牠絕對就是奶茶。

「玉蓁姐，妳當時說奶茶被收養了，這代表收養的人拋棄牠了嗎？」

「其實……那個時候我也不知道奶茶去哪裡了，當時會這麼說，只是想讓你們的心情好過一點。」玉蓁小聲地說。雖然是善意的謊言，但她或多或少也感到愧疚。

如果奶茶沒有被人收養，那這十一年的時間裡，牠究竟去了哪裡？

「老大，要開店了。」廷揚提醒道：「我先拿紙箱把牠裝起來，再打給環保局來處理吧。」

廷揚說起話來一副公事公辦的樣子。這也沒辦法，畢竟他跟奶茶之間沒有任何感情。

「麻煩你了，店後面有一些用不到的布毯可以鋪在紙箱裡，務必溫柔一點，電話我來打就好。」玉蓁轉頭下達指示。「呂姐，請妳先帶一下亞學，準備開店。」

「沒問題。」呂媛用眼神示意亞學跟著她走。「走吧，我們還有很多工作要做。」

亞學不捨地看了奶茶最後一眼，跟呂媛一起走進店裡。

✽

開店沒多久，就有車子過來把奶茶接走了。但那並不是環保局，而是寵物殯葬公司的車子。

殯葬公司的人把裝著奶茶的紙箱抱上車時，玉蓁似乎不太放心，一直在跟他們交代事情。

廚房裡的亞學聽不到他們的對話，不過可以從玉蓁的表情上感覺到她有多捨不得。

奶茶還在的時候，玉蓁每天一開店最先看到的不是客人，而是奶茶，打烊後陪她在店裡留到最後的也是奶茶。

一般人眼裡，奶茶可能只是一隻流浪狗，但對玉蓁來說，奶茶曾經是早餐店的一分子、她的家人，既然是家人，就該讓牠有最後的歸屬。

客人開始上門後，亞學全程都跟在呂媛旁邊學習。呂媛的教學方式簡單易懂，亞學只要聽過一次就能理解並上手。

在呂媛的教導下，他很快就步上軌道，雖然只是第一天實習，但他已經可以完美配合廷揚跟呂媛的工作，讓出餐的速度變快不少。

「亞學，前面要你幫忙喔！」

聽到玉蓁的聲音，亞學馬上放下手邊工作跑到前面，隨時支援櫃檯的突發狀況，這也是他負責的工作。

「有客人忘了拿飲料，他的車在前面，你現在追過去還來得及。」

玉蓁把一袋飲料塞給亞學。亞學馬上追出去，趕在車子開走前把飲料交給客人。成功完成任務後，亞學轉身準備回店裡繼續出餐。就在這時，店門口的一個身影卻讓他停下了腳步。

一個小小的棕色身影坐在店門口，是奶茶。

那不是活著的奶茶。就跟亞學之前看過的「它們」一樣，那是奶茶的鬼魂，或者該說是執念？亞學上網找過許多資料，可是仍然無法解釋「它們」的存在。

同時，奶茶也睜大眼睛看著亞學。這個人是不是看得到我？奶茶的眼神彷彿這麼說著。

亞學緩緩眨眼，就像在跟奶茶說：沒錯，我看得到你。

得到回覆之後，奶茶開心地跳起來，搖著尾巴跑到亞學腳邊輕輕磨蹭。

亞學伸手想摸奶茶，明明已經把手放在牠頭上了，他的手上卻一點感覺也沒有。

明明是早就知道的事情，亞學心裡還是覺得很空虛。自從能看到「它們」

之後，亞學最多也只能看到而已。他摸不到「它們」，也聽不到「它們」，只能憑畫面跟感覺來揣測「它們」想傳達的訊息。

「奶茶，你有什麼話想跟我說嗎？」亞學蹲下身來，讓奶茶在自己的懷裡滾動。

就算能聽得到，自己也聽不懂奶茶想說什麼吧？

不過現在，亞學彷彿能夠聽懂奶茶的話。

摸摸我，像以前一樣陪我玩好不好？

奶茶那雙烏黑的大眼睛，還有磨蹭撒嬌的動作，都跟十一年前一模一樣。

亞學好像懂了。奶茶會回來早餐店，是因為牠想來找以前的同伴嗎？

自己差點就要忘記牠了，可是奶茶一直記得自己嗎？

「亞學好了嗎？呂姐在找你喔！」玉蓁的聲音從櫃檯傳來。

不能離開太久，就算亞學再捨不得，也必須先丟下奶茶回去店裡幫忙。

他跟奶茶揮手道別，轉身跑回店裡。而奶茶還躺在地上翻著肚子，似乎無法理解亞學為何就這樣丟下牠跑掉了。

❀

一路忙到客人都離開，打烊工作也結束後差不多是下午三點，第一天上班的亞學覺得全身力氣都快耗盡了。

不過今天還是有收穫，玉蓁跟呂媛都稱讚亞學表現得很好，面冷的廷揚也說了句「還不錯」，這種受到肯定的感覺讓亞學很開心。

至於奶茶，一整天都坐在門口看著每個進門的客人，期待有人能跟牠玩。只是不管怎麼努力搖尾巴、睜大眼睛豎耳朵裝可愛，其他人還是看不見。

「辛苦了，大家早點回去休息，明天見囉！」

玉蓁站在門口送大家離開，身為老闆的她還要留在店裡對帳叫貨。

一看到亞學下班，奶茶又湊到亞學腳邊想要撒嬌，亞學也蹲下來做出撫摸的動作。雖然沒辦法真的摸到，不過只要有人願意理牠，奶茶就很開心了。

亞學感覺自己又變回了國中生，而奶茶還是當年的那隻小狗，一切彷彿都回到了十一年前。

「亞學，你怎麼還沒回去？」

亞學轉過頭，看見玉蓁正從店裡走出來，就站在他後面。

「你是捨不得奶茶，想留下來陪牠嗎？」玉蓁看不到奶茶，她會這麼問，是因為亞學現在蹲的位置，就是奶茶以前最常坐的地方。

「嗯，感覺真的很神奇，奶茶竟然會再回來……。」亞學站起身來。奶茶用頭蹭著亞學的褲管，像是叫亞學再陪牠玩一下。

「玉蓁姐，妳覺得奶茶為什麼會回來？」

「那你呢？」玉蓁盯著亞學，反問：「你跟奶茶一樣都離開過，現在也回來了，為什麼呢？」

「這……。」亞學一時間不知道怎麼解釋。

「沒關係，你不用真的回答。」玉蓁笑了一下，說：「我覺得人在低潮的時候，就會想回到最初的地方走一走；可能是小時候覺得好吃的餐廳，或是留下許多美好回憶的遊樂園，我相信奶茶也是這樣。牠一定很喜歡我這間店，所以隔了這麼久之後，牠還是會記得回來。」

亞學靜靜聆聽，一邊思考玉蓁的上一個問題。

他會搬回這裡，主要是因為母親。

母親一直認為亞學的靈異體質是一種病，這種病把亞學變成了怪物，因此她四處拜訪宮廟，尋找偏方想治好亞學。那些年，亞學不知道拜過多少神明、喝下多少符水，但他還是看得到那些東西，而且身體越來越糟，彷彿他越想排斥這個能力，對身體的副作用就越強。

既然這樣，彼此就和平相處吧！父親跟哥哥亞孟都站在亞學這一邊，但母親的偏執已經到了走火入魔的地步。既然傳統的宮廟不行，母親開始把腦筋動到許多沒聽過的宗教上，甚至要亞學去閉關靈修。亞學無法再忍受這些，這才自己偷偷搬走，回到懷恩社區。

全台灣有那麼多地方可去，為什麼偏偏要回來這裡？亞學想玉蓁說得沒錯，他回來是為了尋找最初的美好。他想要回到國中時期，回到那個他還看不到那些東西、母親不會用看怪物的眼光看待他，而且會帶他們兄弟一起來買早餐的美好時光……。

亞學正沉浸於過去的回憶時，奶茶突然從地上跳起來，像追趕獵物般拔腿朝馬路上衝了過去。

奶茶突然的舉動讓亞學嚇了一跳，因為這是奶茶回來後反應最大的一次。只見奶茶追在一台機車後面，那是一台便當店的外送機車，機車左右兩邊掛著綠色的防水帆布袋。奶茶跟在機車後面不斷張嘴吠叫，只是機車騎士根本看不見奶茶，就這樣加速騎走了。

隨著那台機車越騎越遠，奶茶才放慢腳步，垂下耳朵、低頭坐了下來。此時此刻，奶茶的背影看起來就跟剛被主人拋棄一樣，失望又無助。

為什麼奶茶看到外送的機車後，反應會這麼激動？

亞學轉過頭，發現不只奶茶，連玉蓁也目不轉睛地看著那台遠去的機車，整個人像完全失了神似的，連眼睛都沒眨一下。

「玉蓁姐，妳怎麼了？」

聽到亞學的聲音後，玉蓁才緩緩回過神來。

「喔，沒事。」

然而，玉蓁的視線仍看著機車遠去的方向，臉上浮現出一抹自信的微笑。

「我只是想到了一件事情而已……。」

✿

奶茶失落地從馬路走回早餐店後，亞學不忍心看奶茶獨自待在這裡，於是偷偷朝奶茶勾了一下手，示意奶茶可以跟他一起回家。奶茶卻只是繼續坐在店門口，不想離開。

亞學搬回這裡，是為了懷念過去的平靜時光，而奶茶則像是在等待某個人，在等到那個人之前，牠不會輕易離開。

看到奶茶獨自在店門口等待的身影，亞學覺得很心酸，但他也沒辦法，只好自己先回家了。

至於玉蓁最後想到了什麼？她並沒有說出來，只是叫亞學快點回家休息，就回到店裡繼續忙了。

如果是很重要的事情，玉蓁之後會再跟大家說吧，亞學想著。

拖著第一天上班的疲憊身軀回到房間，他打算進去後先洗個澡，小睡一下再出門逛逛。

就在亞學準備開門時，拿鑰匙的手卻硬生生停在了空中，一股毛骨悚然的寒意滲入他的全身毛孔。

跟昨天一樣的感覺。

就算還沒看到，亞學隔著門板也能感覺到，房間裡有東西在等他……。

別怕……別怕……又不是第一次看到了，如果對方懷有惡意，那第一天就該下手了才對。

亞學把恐懼感強吞進心裡，將鑰匙插進門孔，輕輕將門推開。

他出門時沒有留燈，午後的陽光透過窗簾照進客廳，形成一股朦朧的光霧。光霧之中，一名女子的身影坐在客廳桌旁。她轉頭正對門口，雙眼直視著亞學，彷彿一直在等亞學回來。

女子全身被一件像長袍的白色物體裹著，只露出一張臉。亞學的目光被女子的臉龐牢牢抓住。她有一張跟亞學年紀差不多的年輕臉孔，亞學卻看不到她的眼睛，因為她的雙眼完全被血紅色的眼淚淹沒，鮮血沿著她的臉龐滑落，劃下鮮紅的淚痕，一路滴落在桌上。

看到女子的瞬間，亞學感覺到女子身上散發出一股強大的執念，像海嘯般朝自己撲過來。

在海嘯抵達之前，亞學迅速把門關上。恐懼的本能讓他的身體不自覺地往後退，直到背部撞到牆壁為止。

咚咚、咚咚……亞學可以清楚聽到自己急遽加速的心跳聲，住在這房間的果然不止他一個。

那名女子似乎有話想跟亞學說，那股巨大的執念就是她想傳達的訊息，只是亞學的直覺在第一時間發出警告，那股執念不是他能負荷的。

亞學把呼吸平息下來，確定門後的執念已經減弱，沒有剛才那麼強烈後，才再次把門打開。

客廳裡空無一人，女子的身影消失了。但亞學知道女子還在房間裡，只是她把自身執念收起來，暫時不現身而已。

亞學走到桌子旁邊，發現昨天背的菜單還放在桌上。他想起昨天掉在菜單上的血滴，看來那也是女子搞的鬼。

早餐店、菜單、血滴、女子的鬼魂……這幾個字在亞學腦中排在一起時，一陣火花隨之燃起，他想到了一種可能。

搬進來的前幾天，一切都很和平，他完全感受不到女子鬼魂的存在。直到他去玉蓁早餐店應徵，把菜單帶回家之後，女子的鬼魂就連續兩天都出現了。

亞學低頭看著桌上的菜單。女子的意念似乎跟早餐店有關，如果用菜單當媒介的話，是不是就能跟女子溝通，聽聽看她想說什麼了？

亞學甩甩頭，很快放棄了這個想法。

太冒險了，目前他對女子還一無所知。

在知道對方的身分之前，還是不要主動跟對方溝通比較好。

✽

那天晚上，女子的鬼魂沒有再出現，讓亞學睡了一夜好覺。

或許她也知道昨天出現的方式太過火了，為了跟亞學表示歉意才暫時不再現身。不過這只是他的猜測，女子到底在想什麼，只有她自己才知道了。

準備去早餐店上班時，亞學本來是很期待的，因為奶茶獨自在店門口守了一晚，現在一定很寂寞吧？

可等他來到早餐店一看，發現奶茶並不在門口。亞學又往馬路兩邊看了一下，還是沒看到奶茶。

「亞學，你來啦。」

店裡傳來玉蓁的聲音，亞學朝店裡看去，發現廷揚跟呂媛都在裡面準備開店，玉蓁則是站在櫃檯，旁邊還有一名亞學沒看過的中年男子。

男子身穿西裝，身材很粗壯，臉上表情不怒自威，就像黑道裡的保鑣。重要的是，亞學找到奶茶了，牠就依偎在那名男子的腳邊。

奶茶把整個身體都靠在男子的小腿上，用頭部不斷磨蹭男子的褲管，一副幸福到極點的樣子。

男子顯然看不到腳邊的奶茶，但奶茶臉上的幸福表情已經說明一切。不用多做什麼，只要能這樣靠著就很開心了，能帶給奶茶這樣的安心感，這男子該不會是……？

「對了，亞學，跟你介紹一下，這位是蕭易隆大哥。」玉蓁證實了亞學的猜測，說：「他是奶茶的主人，奶茶以前不見的時候，就是被他收養的。」

亞學跟易隆點了一下頭，心裡同時感到疑惑。昨天還不知道奶茶失蹤後的去向，怎麼現在就找到主人了？

「你好。」易隆也跟亞學點頭致意。他沒有表情的時候很可怕，笑起來倒是很溫和。

亞學這時注意到易隆懷裡抱著一個小巧的白色圓柱體罐子，忍不住問：「那是……？」

「是奶茶的骨灰。」易隆輕輕摸著懷裡的罐子，眼神流露出無言的哀傷跟懷念，說：「玉蓁是昨天通知我的。聽到奶茶回來這裡的時候，我真的嚇了一跳。謝謝你們幫忙，送牠最後一程。」

亞學越聽越迷糊了，轉頭看向玉蓁，臉上寫滿問號。玉蓁到底是怎麼找到奶茶主人的？

「蕭大哥以前是這裡的送報生，每天早上我一開門，他的報紙就送來了。」玉蓁也看出了亞學的困惑，開始說明道：「我是昨天看到外送便當的機車時想起來的，蕭大哥送報紙的車也是長那個樣子。」

亞學恍然大悟，玉蓁昨天想到的，原來就是這件事。

玉蓁繼續說道：「早上的時候，奶茶都會躲在店門口的紙箱睡覺。蕭大哥的機車就是牠的鬧鐘，只要聽到蕭大哥的機車聲，看到機車上掛著的帆布袋，牠就會馬上衝出紙箱；因為蕭大哥每次都會帶點心給牠，還會陪牠玩一段時間後再去送報紙。

「不要再提這個了啦！」易隆不好意思地抓著頭。沒想到外表凶狠的他，其實是個很靦腆的人。「那個時候為了多陪奶茶一下，都會延誤到後面的送報行程，我也因此被罵了好幾次。」

「那玉蓁姐，你是怎麼找到蕭大哥的？」亞學想要快點知道答案。

「我請寵物殯葬業者幫忙，看一下奶茶身上有沒有晶片？答案是有，只是植入的時間太久，晶片已經故障查不到資料了。不過既然有晶片，就代表奶茶十一年前確實是被人收養的，最有可能的就是早餐店的客人。但最後讓我想到蕭大哥的關鍵是，奶茶不見的那天早上，負責這一區的送報生也換人了。」

玉蓁最後看著易隆，說：「我問過新的送報生，他說你換工作，搬到北區去了。當時我還沒把這兩件事聯想在一起，後來我才想起來，奶茶趴著離世的地方，就是你以前送報紙時停機車的位置。我猜你當時捨不得奶茶，所以就把牠帶回去收養了，沒錯吧？」

「哈，接到妳電話時我真的嚇了一跳，沒想到這些事情妳都記得。」易隆吐了一下舌頭，說：「我的新工作在北區，之後就不會來這附近了，那個時候我一直猶豫要不要帶走奶茶……。

「我沒有結婚，不曾體驗過有小孩的感覺；每天到妳店裡，看到奶茶開心衝出來迎接我，那是我一天中最開心的時刻，如果家裡每天也有人在期待我回去的話就好了……當時我想，如果我就這樣離開，奶茶一定會很難過，所以我在離職前一天來帶走了奶茶。那時妳的店已經打烊了，所以才沒有跟妳說，真的很抱歉。」

「還好你留在報社的電話沒有換，我才能找到你。」

易隆把奶茶的骨灰罐用力抱在懷裡，說：「我還要謝謝妳，妳沒有懷疑是我拋棄了奶茶。」

玉蓁淡然一笑，說：「從我認識你的感覺，你不是會拋棄家人的人。」

「可是，奶茶怎麼又會跑回來這裡呢？」亞學問。

易隆皺起眉毛，說：「這我也不知道。奶茶年紀大了，最近病得很重，都在家裡休息。前幾天我回家的時候，發現牠竟然把家裡的紗窗咬破跑出去了。以牠的體力沒辦法走遠，但我在家附近騎車怎麼找都找不到牠。」

「會不會是奶茶不想要讓你難過呢？」

說話的是呂媛。她從廚房裡走出來，說：「不好意思，我自己也養了好幾隻狗，所以忍不住把你們的話都聽完了。聽說寵物在即將去世的時候會獨自離開家裡，不讓主人看到牠死去的模樣，我想奶茶也是這樣才離開的。」

呂媛接著看向門口，柔聲說道：「不過牠一直記得這裡，這個跟你相遇、帶給牠最多快樂的地方，所以牠才回到這裡等待離世。同時牠也相信，你一定會再來這裡接牠。」

亞學突然懂了——原來奶茶跟自己一樣，都是為了找尋以前的美好時光才回來的。

「我應該要先想到這裡的，唉，我真是不及格的主人。」易隆自責地嘆了口氣。

「沒有這回事，你是好主人，奶茶牠很愛你。」亞學說。

這時，靠在易隆腳邊的奶茶輕輕擺動尾巴，似乎在同意亞學的話。不需要撒嬌也不需要討摸摸，只要有易隆的陪伴就心滿意足，這種安心的感覺只有真正的家人能夠給予。

「謝謝你，小兄弟。」

易隆擦了擦眼睛，不讓別人看到他微濕的眼角。

❈

易隆帶著奶茶的骨灰準備上車離開時，奶茶已經先一步跳上車子的副駕，搖著尾巴等易隆上車了。

「啊，小兄弟，我還沒給你名片吧？」上車之前，易隆從西裝口袋拿出名片交給亞學，原來他現在轉行做房仲了。「雖然我的店不在這一區，不過有需要都可以找我。」

亞學收下名片，並跟車上的奶茶揮手道別。

車門關上後，玉蓁突然朝亞學問道：「奶茶看起來怎麼樣？」

「很開心啊，爸爸終於來接牠了……啊！」

亞學回答完才意識到自己說溜嘴，這時要摀住嘴巴已經來不及了。

「玉蓁姐……妳……為什麼……？」亞學心中一陣慌亂，講話也跟著結結巴巴的。

「昨天看到你蹲在門口，地上明明是空的，你卻好像在摸奶茶，我就在猜你是不是看得到。」

玉蓁的聲音依舊溫和，她說：「你不要緊張，我沒有想幹嘛，你也不一定要承認，只是……如果你真的能看到它們的話，我想請你幫個忙。」

玉蓁走回櫃檯，從抽屜裡拿出一個東西，隨後又走了出來。

「如果你有看到她的話，請告訴我，好嗎？」

玉蓁手上的是一張照片，背景正是玉蓁早餐店，只是從裝潢來看，這至少是十年前拍的照片了。

照片中有兩名女生靠在一起，看起來感情很好。其中一個是玉蓁，另一名女生看上去比玉蓁年輕一點，但兩人都是類型相似的美女，照片中看起來就跟姐妹一樣。

看到另一個女生的臉孔時，亞學傻住了。

因為那張臉，正是出現在他房間的那名女子鬼魂。

打開廁所之後
只要廁所的門不打開，
他在她心裡就還活著。

亞學閉上眼睛深呼吸，在心裡又問了一次，自己真的要這麼做嗎？

今天早上，玉蓁把那張照片拿出來時，亞學驚訝到嘴巴都合不上，好一段時間說不出話來。

「亞學，怎麼了？」玉蓁也察覺到他的反應不對勁，問：「你看過她嗎？拜託，請你告訴我，你回來之後，有在這裡看過她嗎？」

「呃……。」亞學沒有第一時間承認，而是問：「玉蓁姐，她是誰啊？」

「你不記得她？」玉蓁的語氣先是顯得失望，不過隨即接受了這個事實。「也是，都過了十一年，加上她都待在廚房，比較少跟客人互動……。」

亞學聽出了玉蓁話中的意思。

這代表照片中的女生，當時也是早餐店的員工？

玉蓁接著說，照面中的女生叫蔡思穎，以前在店裡負責煎台，就是廷揚現在的位置。

玉蓁看向廚房，表情彷彿在回憶十一年前的過去。「她比較害羞，不敢面對客人，總是戴著口罩在廚房裡專心做餐，所以多數客人對她比較沒有印象，你不記得她也是正常的。」

亞學慢慢想起來了。他國中的時候，除了坐鎮櫃檯的玉蓁之外，廚房裡還有好幾個負責製作餐點的店員，只是亞學的記憶主要集中在玉蓁身上，對那些店員沒什麼印象。她一說，他才想起來，當時負責煎台的確實是個女生，只是亞學從來沒看過她口罩下的臉，也沒跟她說過半句話。

還有一件事，亞學想要先確認清楚。「玉蓁姐，這個女生她……是怎麼去世的？」

沒想到玉蓁搖了搖頭，說：「我還不確定。」

「啊？」不確定？這是什麼意思？

「她有一天突然沒來上班，打電話沒接，家人也找不到她，就這樣人間蒸發了。我不知道她在哪裡，也不知道她是不是還在人世。」玉蓁將照片拿到眼前，仔細看著照片中的那張臉，說：「剛才我那樣問你，其實我比較希望你沒看到她，因為這樣就代表她沒有死，還活在某個地方……。」

亞學睜開眼睛，思緒從記憶回到現實。

他坐在客廳裡，而此刻攤在他眼前的，正是早餐店的菜單。

亞學沒有第一時間跟玉蓁承認自己能看到鬼魂，也沒有說出房間裡女鬼的事情，是因為他還不確定房間裡的女鬼就是那名女店員思穎。那名女鬼上次出現的時候雙眼都流著鮮血，很大部分降低了臉孔的辨識度，說不定兩人只是長得像，根本不是同一個人。

要確認的唯一方法，就是直接跟對方溝通，問個清楚。如果她真的是那名女店員，那應該不會有危險才對。

「好，直接來吧。」

亞學看著桌上的菜單。菜單中央已經放上一枚十塊錢硬幣，他伸出食指壓在硬幣上，準備開始。

「那就開始吧！首先第一個問題是……，」亞學盯著菜單上的十元硬幣，問：「我想知道，妳叫什麼名字？」

如果是一般人玩碟仙或錢仙之類的遊戲，通常要等上半小時到一小時才會收到效果；但如果女鬼的執念是針對早餐店，那用菜單當溝通媒介，她現在也在房間裡的話，應該很快就能成功了。

果然，問完第一個問題後不到一分鐘，菜單上的硬幣便開始慢慢移動了。

硬幣先慢慢移到了「蔬菜沙拉」的「菜」字上，然後移動到「吐司」的「司」字，最後停在價目表的其中一個「0」上面。

菜、司、0，所以她真的是那名女店員蔡思穎？

「蔡思穎，這是妳的名字嗎？」

硬幣慢慢移動到了價目表的「4」字上面，代表「是」。

「妳之前住在這裡嗎？」

硬幣移動到了「布丁奶茶」的「布」字上面，代表「不是」。

這可奇怪了，既然她不住在這裡，那為什麼會出現在這裡？

「那妳為什麼會在我的房間？」

硬幣的移動速度突然加快，開始在每個品項價格的「4」上面交互移動，像是要特別強調這個字。

44444……亞學心裡一陣發毛。這代表她死在這裡？

亞學緊張地吞下一口唾液，又問：「妳是在這個房間死掉的嗎？」

硬幣又移動到了「沙拉」的「沙」，然後又回到了「4」。

他脫口而出：「妳是在這裡被殺死的？」

像是要表達肯定般，硬幣在「沙」跟「4」之間反覆移動，而且速度越來越快，幾乎要把菜單劃破。

不行，再這樣下去自己的手指就撐不住了。亞學決定換個問題，讓彼此情緒先緩和一下。

「我換個問題好了……早餐店的玉蓁姐，她一直在找妳，妳知道嗎？」

硬幣直接在菜單正中央停了下來。

亞學正奇怪她為什麼不回答時，突然滴答一聲，一滴鮮紅色的血液從上方掉落，不偏不倚地掉在菜單上。

不會吧……亞學抬起頭，看到思穎就站在他旁邊。她的樣子跟上次一樣，全身裹著一件白色長袍，雙眼流出血淚；淚水先流過她的臉龐，再滴答滴答掉在菜單上。

亞學能從思穎身上感受到她強大的執念，那股執念遠超過亞學能負荷的範圍，彷彿有顆原子彈在體內爆炸，強大的情緒從內心深處源源不絕湧出。那股情緒就像原子彈爆發後的焚風，由巨大的悲傷跟痛苦所組成，光是接觸到邊緣，就讓亞學感到窒息。

在完全被焚風吞噬之前，亞學當機立斷把手從硬幣上移開，斷開了跟思穎之間的連結。

同時間，菜單上的血滴、思穎的身影也消失了，只是亞學的內心仍受到爆炸波及，無法平靜下來。

不只是受到思穎的影響，他更在意的是，為何提到玉蓁之後，思穎的情緒就變得這麼激動？

❈

房間裡的女鬼，就是十一年前在早餐店工作的思穎。

隔天上班時，亞學並沒有把這件事告訴玉蓁，玉蓁也沒有再提起思穎。

或許玉蓁的心態是這樣的，如果亞學有看到思穎，一定就會告訴她。沒消息就是最好的消息，只要亞學沒說，思穎就可能還活著。

對於思穎，亞學還有很多疑問。十一年前發生了什麼事？思穎的屍體在哪裡？玉蓁跟她的死有沒有關係？在弄清楚這些之前，他不打算跟玉蓁說思穎的事情。

滿腦子想著這些事情，讓亞學今天工作心不在焉，犯下許多小錯誤。雖然呂媛都會耐心地提醒亞學，不過廷揚就沒那麼客氣了，好幾次瞪過來的凶狠眼神，都讓亞學以為他下一秒就要拿鍋鏟追殺過來了。

呂媛也察覺到亞學今天狀況不好，於是主動幫亞學接下工作，說：「這幾杯我來做就好，你先去把那幾桌收一下吧。」

「好的，呂媛姐。」亞學放下手邊的工作，低頭避開廷揚的視線，拿起抹布走出廚房。

亞學把客人吃完的盤子疊在一起，正要開始擦桌子時，突然聽到身後傳來一聲叫喚：「亞學！你是亞學對不對？」

那聲音聽起來像是上了年紀的女性，而且不是玉蓁跟呂媛的聲音。亞學頓時嚇得全身不敢動彈。該不會是母親找到這裡來了吧？

亞學憋住呼吸，慢慢轉過身體，發現隔壁桌有一對年約七十歲的老夫婦正在看他，出聲叫他的正是其中的婦人。

看到亞學的臉後，婦人馬上拍了一下老先生的肩膀，驕傲地說：「就說我沒認錯吧？他果然是亞學！」

「是、是、是……。」老先生被打後按著肩膀，露出苦笑說：「妳最厲害，妳記性最好，哪像我什麼都記不住了。」

「啊！鄧爺爺、鄧奶奶！」看到兩人的互動，亞學馬上就想起來了。

「唉呀，你還記得我們，真是太好了，看來我們沒有變多老呀！」櫃檯的玉蓁剛把餐點出完，這時也加入話題。「鄧爺爺、鄧奶奶，你們很久沒看到亞學了吧？」

「是啊，他們家搬走後就沒見過了！」鄧爺爺跟鄧奶奶一起站起來走到亞學身邊，比劃著亞學的身高，說道：「你真的變好多啊，上一次看到你時還是國中生吧？那個時候你身高才到我肩膀而已呢……。」

如果是被不熟的長輩這樣說，亞學只會覺得反感，可聽到鄧爺爺鄧奶奶這樣說，他卻嘗到了久違的幸福。

亞學一家還住在懷恩社區的時候，鄧爺爺跟鄧奶奶是跟他們住在同一層樓的鄰居。

鄧爺爺跟鄧奶奶的小孩都在國外成家立業，兩人則待在台灣享受單純的兩人生活，他們固定一段時間會出國旅遊，地球上每個國家幾乎都去過了。

鄧爺爺年輕時開工廠當過老闆，不過他臉上總是掛著靦腆的笑容，對人很客氣，不像有些人喜歡倚老賣老。鄧奶奶則是退休的老師，或許是以前照顧學生習慣了，孩子又不在身邊，因此只要在社區看到小孩，鄧奶奶都會把他們當成自己的孩子來照顧。

特別是亞學跟亞孟，因為住同一層樓，兩家交流的機會也特別多。鄧奶奶經常會多煮一些菜或切水果送到亞學家，亞學以前最期待鄧爺爺跟鄧奶奶出國玩，因為他們每次都會帶當地的紀念品跟玩具回來，因此只要一聽到他們回國了，亞學就會跟爸媽吵著要去找鄧爺爺跟鄧奶奶要玩具。

而現在，鄧爺爺跟鄧奶奶像是真的見到自己孫子似的，兩人黏在亞學身邊，話匣子一開就停不下來。

「什麼時候搬回來的，怎麼不先說一聲？」

「你爸媽都還好嗎？亞孟呢？有沒有跟你一起回來？」

鄧爺爺鄧奶奶的輪番關懷讓亞學有點吃不消，最後還是玉蓁站出來說：

「好啦，爺爺、奶奶，亞學他現在還在上班，等下班後你們再去找他吧。」

「對喔，抱歉啦，亞學，你現在住在哪一戶？」

「我現在住在三樓的３Ａ３，用租的，不過只有我自己搬回來而已。」亞學說。

「三樓？那很近啊，在我們樓下而已。幾點下班？我們昨天剛從泰國回來，買了好多東西，等一下拿一些給你！」

看到兩人興高采烈的模樣，亞學忍不住在心裡感嘆，明明他已經長大了，可是看到他們這麼開心，實在不想掃興。

或許在鄧爺爺鄧奶奶眼中，不管亞學長得再高，他永遠都是那個吵著要玩具的小孩子吧？

✽

鄧爺爺鄧奶奶果然沒有食言，亞學下班回家，剛出電梯就看到兩人提著大包小包在家門口等他。他們手上提的不只有從泰國帶回來的禮物，還有鄧奶奶切好的水果。
「怎麼拖那麼晚才回來？玉蓁是不是都讓你加班啊？」鄧奶奶看著手錶，表情有些不滿，彷彿亞學只要再晚一分鐘回家，水果就會變得不新鮮了。
「不要怪玉蓁姐啦，打烊本來就會花比較多時間。」亞學笑著說。
「來，這些先拿著。這是泰國的水果乾跟奶茶，我跟你講，這個泡的時候要……」鄧奶奶一邊交代一邊把手上的東西塞給亞學，亞學只能全部收下，雙手瞬間就變得滿滿的。
這樣還不夠，鄧奶奶又問：「好久沒跟你爸媽聯絡了，他們現在住哪裡？我也帶一些東西過去給他們。」
「呃……。」亞學一時間沒有回答。要是鄧奶奶把他搬回懷恩社區的事情告訴母親，那就完蛋了。
鄧爺爺像是察覺到亞學的尷尬，推著鄧奶奶說：「好了啦，亞學剛下班要休息，我們先回去吧。」
「可是……。」鄧奶奶還想再跟亞學多聊一下，卻直接被鄧爺爺拉走了。
看到兩人進入電梯，亞學這才鬆了口氣。有人關心的感覺確實不錯，不過跟鄧爺爺鄧奶奶這麼久沒見，一次拿這麼多東西，他反而覺得很不好意思。

這麼多東西，他自己一個人要怎麼吃完？亞學本來正煩惱著，不過這個煩惱馬上就從他腦中消失了。

因為開門之後，他就看到了思穎。

思穎坐在客廳桌旁，身上仍裹著那件白袍。只是這次她的雙眼沒有流出可怕的血淚，而是直直盯著桌上的菜單，表情看起來也比之前平靜。

亞學把鄧奶奶送的東西先放到角落，然後慢慢走到桌子旁邊。他大概能猜到思穎這次現身的目的。

「妳想要再跟我溝通嗎？」亞學問。

思穎沒有任何動作，只是繼續盯著菜單，算是默認了。

「好吧，不過這次妳可別跟昨天一樣，情緒失控了喔。」

亞學拿出十塊硬幣放到菜單上。思穎這次選擇主動現身，代表她有話想跟亞學說，剛好亞學也有很多問題想跟她問清楚。

正式開始後，亞學延續了昨天的最後一個問題，問：「妳知道玉蓁姐在找妳嗎？」

思穎雙眼注視著十元硬幣，硬幣開始慢慢移動，移到了「茄汁拌麵」的「汁」字上面，代表「她知道」。

「玉蓁姐她……她跟妳的死有關係嗎？」亞學小心翼翼詢問著。他很怕思穎會跟昨天一樣突然暴走。

硬幣移動到了「梅子綠茶」的「梅」字，代表「沒有」。

這回答讓亞學鬆了口氣，繼續問道：「既然這樣，妳會想要玉蓁姐知道妳在這裡嗎？」

硬幣移動到了「布丁奶茶」的「布」字，而且在上面多繞了兩圈，代表思穎不想讓玉蓁知道她在這裡，也不想讓玉蓁知道她已經死了。

這回答讓亞學很意外。他本來以為思穎這次出現，原因一定跟玉蓁有關。

「那妳這次為什麼要主動現身？妳想跟我說什麼？」

硬幣再次移動，先移動到了「原味雞胸起士蛋餅」的「胸」，接著又移到「手工抓餅」的「手」字。

胸、手，理解這兩個字的意義後，亞學腦袋經歷了短暫的空白。

硬幣沒有停下來，繼續在菜單上移動著。這次是價格上的數字。硬幣連續在好幾個數字上停留，亞學睜大眼睛，把每個數字都記下來。

0、9、8、8、1、2、2……剛好十個數字，是一支手機號碼。

「這是凶手的號碼嗎？」亞學問，硬幣卻不再移動了。

亞學疑惑地轉頭看向思穎，發現她的雙眼又因為激動而流出鮮血。這支號碼讓她無法再控制情緒，強大的能量在她身邊醞釀著，隨時會爆發。

亞學趕緊把手從硬幣上移開，思穎的身影同時從房裡消失，可那股情緒的餘波仍殘留在房間裡。

但這次不一樣，上次提到玉蓁時，他從思穎身上感受到的是痛苦及悲傷。

這一次，思穎的情緒卻是大量的憤怒，還有憎恨……。

❀

接下來幾天，思穎都沒有再現身，不過亞學已經知道她想要什麼了。她要亞學幫她找到十一年前殺害她的凶手。

目前的線索只有那支手機號碼，光是這樣亞學實在沒辦法做什麼。他查過那支號碼，現在是沒人使用的空號，代表號碼的主人已經不再使用了。

另一個方向是之前的房客資料。亞學跟房東套過話，但房東買下這裡才短短兩年，在他之前還換過許多屋主，十一年前有誰住過這裡，根本無法可查。

既然思穎是在這房間裡被殺害，代表思穎認識這裡的房客，如果問玉蓁的話，她可能會記得什麼……。

只是要怎麼跟玉蓁開口才好呢？

這幾天的時間裡，亞學一直在煩惱這個問題。

那張合照中，玉蓁跟思穎的感情看起來就像好姐妹，玉蓁一定很在乎思穎，才會跟他提出那樣的要求。

玉蓁還抱著一絲希望，認為思穎還活著。

這樣的話，他究竟該怎麼做才好？

「亞學！」

突然聽到玉蓁的聲音，亞學嚇了一跳。最近聽到玉蓁在叫他，他都很怕是要問思穎的事情。

「可以來櫃檯一下嗎？有事情要問你。」玉蓁又說。

「好的，來了！」

亞學放下手邊工作湊到玉蓁身邊，現在店裡的客人不多，餐都出完了，店裡難得能空閒下來。

「我問你，鄧奶奶最近會去找你嗎？」玉蓁問。

亞學想了一下，鄧爺爺鄧奶奶從泰國回來差不多兩個禮拜了，這段時間偶爾會看到他們來吃早餐；鄧奶奶更是每隔幾天就會送吃的給亞學，有時是水果、有時是炸排骨或蘿蔔湯，只要鄧奶奶有自己煮，都會多煮一點送給亞學。

「會啊，這幾天鄧奶奶常常送吃的來給我。」

「鄧爺爺有陪她一起嗎？」

「沒有耶，只有鄧奶奶，沒看到鄧爺爺一起來。」

「嗯……。」玉蓁眉頭微微皺起，不知道在擔心什麼。

「玉蓁姐，怎麼啦？」

「你在廚房可能沒注意到，最近這幾天都只有鄧奶奶自己來買早餐……這很奇怪，因為他們要是沒出國的話，一定都是兩個人一起來店裡用餐的。」

「會不會是鄧爺爺身體不舒服？」

「我也這麼認為，可是鄧奶奶來店裡卻完全沒跟我聊到，所以我才覺得奇怪……啊！」

說曹操曹操到，玉蓁剛說完，鄧奶奶就從店門口進來了。

「鄧奶奶，今天要吃些什麼啊？」玉蓁隨即收起臉上的擔憂，露出笑容。

「兩杯熱豆漿，一份原味蔥抓餅，還有一份肉鬆蛋餅。」鄧奶奶點餐時笑容滿面，看到亞學也在櫃檯，她笑得更開心了。「亞學啊，昨天的紅燒肉好吃嗎？吃不夠的話我家裡還有，等你下班後再給你拿過去！」

「鄧奶奶，妳前幾天給我的排骨湯我都還沒喝完，不要再送吃的給我了啦！」亞學摸著肚子，裝出已經吃不下的樣子。

「這怎麼行？在玉蓁這裡上班這麼辛苦，你要多吃一點才行啊！」鄧奶奶哈哈大笑。

趁著現在，玉蓁問：「鄧奶奶，鄧爺爺這幾天怎麼都沒跟妳下來啊？」

「他啊，年紀大了，一直蹲在廁所裡不出來，我只好來幫他買早餐了。」

「這樣啊……我好幾天沒看到鄧爺爺了，請幫我問候他，叫鄧爺爺多注意身體哦。」

「好，等他從廁所出來之後，我就跟他說！」鄧奶奶笑著說。

亞學頓時覺得鄧奶奶這句話有點奇怪，似乎有著不合乎常理的語病，但一時間又說不出來哪裡奇怪。

玉蓁跟鄧奶奶後面聊了什麼，亞學沒有聽清楚，等他回過神來，鄧奶奶的早餐已經做好了。

「亞學，幫忙出一下餐喔！」呂媛從廚房拿出製作好的餐點。

亞學準備要把餐點交給鄧奶奶時，他才意識到鄧奶奶那句話哪裡有問題，便問了一句：「鄧奶奶，請問鄧爺爺在廁所裡待多久了？」

「他啊，說到這個我就生氣！他在廁所裡待了整整三天都不出來，我快被他氣死了，害我這幾天只能去上社區的公共廁所，等他出來我一定要好好罵他一頓。」

在廁所裡待了整整三天？這種根本不可能的事情，鄧奶奶卻說得理所當然，還不斷說這是鄧爺爺的老毛病。

亞學看了一下玉蓁。果然，玉蓁的臉色驟變。她也發現有問題了。

「鄧奶奶，我幫妳把早餐拿上去吧！」亞學說：「妳昨天的紅燒肉真的很好吃，我想順便拿一點。」

「好啊，我就在等你這句話，家裡還剩很多，等一下上去我拿給你！」鄧奶奶喜出望外地說。

亞學同時跟玉蓁交換眼神，玉蓁對亞學點了一下頭，算是同意亞學的想法，讓他上去看看鄧爺爺的狀況。

⁂

亞學陪鄧奶奶回到家門口後，鄧奶奶請他在外面等，她進去拿紅燒肉。鄧奶奶一把門打開，亞學就從鄧奶奶家裡聞到了一股臭味。

那不是食物壞掉或一般垃圾的臭味，而是更深層的、更讓人覺得可怕的味道，就算憋住呼吸，那股惡臭還是能透過毛細孔鑽進體內、侵襲肺部。

有那麼一瞬間，亞學差點就要把早餐吐出來了。他花了好一番力氣才忍住嘔吐的慾望，鄧奶奶卻若無其事地走進家裡，沒多久就拿了一盤冷藏的紅燒肉出來。

「喏，你先拿回去家裡冰，下班就可以熱來吃了。」

「好……謝謝鄧奶奶……。」

昨天晚上，亞學還津津有味地吃著鄧奶奶給的紅燒肉，可現在的他卻一點食慾都沒有了。

回到早餐店後，亞學把剛才的情況如實告訴玉蓁，廷揚跟呂媛也在旁邊聽，他們很快就明白發生什麼事了。

「報警吧！」廷揚第一個說：「請警察進去屋裡查看，這樣是最快的。」

「我也這麼覺得。」玉蓁說：「警察來之後，我跟亞學陪他們一起上去，這樣鄧奶奶比較不會有戒心。店先交給呂姐跟廷揚你們，可以嗎？」

廷揚跟呂媛都說沒問題，於是玉蓁馬上拿出電話，撥打了110。

十分鐘後，一男一女兩名員警來到了早餐店。亞學認得其中的男員警，他姓許，是負責懷恩社區的管區員警，同時也是玉蓁早餐店的熟面孔，每次來懷恩社區巡邏都會順路買早餐。

玉蓁進一步解釋情況後，許員警也認為有必要進屋裡看一下。

玉蓁跟亞學陪兩名員警一起來到鄧奶奶家門口。亞學按下電鈴，說：「鄧奶奶，我是亞學！」

「亞學？你怎麼回來了？」鄧奶奶的聲音聽起來有些模糊，應該是正在吃早餐。

亞學正在想要用什麼理由叫鄧奶奶來開門，沒想到喀嚓一聲，鄧奶奶一聽是亞學，就迫不及待跑來開門。結果一看到亞學身邊站的員警，鄧奶奶一下就傻住了。

屋內的臭味同時撲到每個人的鼻間，許員警跟女警的臉色馬上沉了下來。他們都知道這是什麼味道。

「奶奶，不好意思，讓我們進去看一下。」

許員警跟女警之間已經有了默契，女警先把鄧奶奶拉到門外，讓許員警能進去屋裡檢查。

這時的鄧奶奶像變了個人似的，歇斯底里地開始大叫，甚至揮手攻擊女警。「你們要做什麼？誰說你們能進去我家的！給我出來！」

亞學不敢接近抓狂的鄧奶奶，玉蓁也只能保持距離，透過言語安撫鄧奶奶。但鄧奶奶哪裡聽得進去，只是不斷大吼大叫，持續試著掙脫女警的控制。

幾分鐘後，進去屋裡檢查的許員警出來了。他臉色沉重地對玉蓁跟亞學點了一下頭，證明了他們的猜測是對的——鄧爺爺已經在廁所去世了。

⁂

鄧爺爺是三天前去世的。

他整個人倒在洗手台旁，身體沒有外傷，牙刷跟牙膏也掉在地上，警方猜測鄧爺爺是在刷牙的時候突然昏倒去世的。

鄧爺爺進去廁所後整整三天沒有出來，鄧奶奶都不會覺得奇怪嗎？

或許鄧奶奶早就知道了，只想假裝不知道。她不想接受鄧爺爺的死，所以她才不去打開廁所的門，寧願每天都去上社區的公共廁所；就算鄧爺爺不會出來吃飯，她還是會出門幫鄧爺爺買早餐、煮午餐跟晚餐……。

只要廁所的門不打開，那鄧爺爺在鄧奶奶的世界裡就是活著的。

說不定哪一天，鄧爺爺就會打開門走出來，帶著招牌的靦腆笑容跟鄧奶奶道歉，說自己不小心在廁所裡待太久了，然後問鄧奶奶晚餐要煮什麼。

鄧奶奶跟鄧爺爺的孩子都在美國，回來需要一段時間。鄧爺爺的屍體被載走後，警察說會先把鄧奶奶送到醫院交給社工照顧，等她孩子回來再說。

葬儀社業者把鄧爺爺的屍體載走時，擔架上蓋著一件棉被，看不到鄧爺爺的樣子。

鄧奶奶則是筋疲力盡，頹坐在地上，看著鄧爺爺被載走。

亞學記得鄧奶奶當時的冷漠眼神，彷彿擔架上抬的並不是鄧爺爺，而是一個與她無關的陌生人。

鄧爺爺的離世對早餐店的工作氣氛多少造成了影響，一想到鄧爺爺不會再來店裡，亞學就覺得很難過，特別是每次去收拾鄧爺爺常坐的座位時，都會覺得心裡少了一塊。

鄧爺爺的家人從美國趕回台灣後，後事處理得十分圓滿，唯一美中不足的地方是鄧奶奶。

鄧奶奶顯然仍無法接受鄧爺爺的死，連玉蓁帶大家去鄧爺爺的告別式上致意時，亞學也沒有看到鄧奶奶的身影。

聽鄧奶奶的家人們描述，只要在醫院提到「告別式」、「公祭」等詞，她就會情緒激動、大發雷霆，他們只好讓鄧奶奶繼續待在醫院休養，等情況好轉一點後，再把她接回去美國。

換個方向想，等鄧奶奶去美國後，雖然少了鄧爺爺的陪伴，至少還有孩子孫子能陪在身邊，這對鄧奶奶來說也是一件好事吧……？

⁂

鄧爺爺離世後的第十天，玉蓁早餐店早上剛準備要營業，亞學正在打掃店門口時，突然看到一個熟悉的身影站在人行道上。是鄧奶奶。

「鄧奶奶？」

亞學很快就覺得奇怪，因為鄧奶奶現在應該還在醫院才對啊！

而且眼前的鄧奶奶不太對勁，她身上穿著鄧爺爺屍體被發現那天的衣服，整個人看起來瘦了一圈；她的臉頰深深凹陷，黯淡無光的眼珠從黑眼圈中凸出來，帶著令人不寒而慄的冷意瞪著亞學。

亞學全身都被鄧奶奶可怕的眼神給束縛住，動彈不得。鄧奶奶沒有說話，亞學卻能清楚感受到她想傳達的意念，跟他上次在思穎身上感受到的一樣，是強烈的仇恨跟憤怒……。

直到亞學的肩膀突然從後面被拍了一下，他才嚇得用力轉過脖子，一臉驚恐地看著身後的人。

那人原來是玉蓁。玉蓁也被亞學誇張的反應嚇了一跳，緩了一口氣後說：「亞學，你地掃完了嗎？呂姐那邊需要幫忙喔。」

「玉……玉蓁姐……門口……。」亞學結結巴巴地說不出話來。他再看向店門口時，那個恐怖的鄧奶奶已經不見了。

「怎麼了？我有這麼可怕嗎？竟然把你嚇到連話都說不出來了。」

「不是……是……鄧奶奶……。」亞學好不容易才說出一句完整的話：「玉蓁姐……妳可以打電話去醫院，問一下鄧奶奶有沒有怎樣嗎？」

玉蓁隨即皺起眉頭，她知道亞學不會平白無故提出這個要求。

亞學很快又補上一句：「剛才，我在門口看到鄧奶奶了。她的樣子跟之前不一樣……我擔心……。」

玉蓁很快理解亞學的意思。她說：「知道了，我馬上打電話問問看。」

處理完鄧爺爺的後事後，有幾名家人留在醫院負責看護鄧奶奶，只要聯絡上他們，應該就能知道鄧奶奶發生什麼事了。

玉蓁馬上打電話給鄧奶奶的家人，只是對方一直沒有接聽，讓玉蓁越來越焦急。如果亞學剛才看到的鄧奶奶不是實體，而是她的鬼魂的話，就代表鄧奶奶已經……。

心裡再急，生意還是要做，陸續上門的客人漸漸讓玉蓁忙不過來，不過她還是隨時注意手機跟店裡的電話，看有沒有來自醫院的回電。

好不容易等上班上課的尖峰客潮過去，玉蓁想要再打電話聯絡一次時，從廁所傳來的聲音卻吸引了全店的注意。

一名男客人正在廁所前用力敲門，大聲喊著：「美禎、美禎！妳聽到我聲音的話就把門打開啊！不要嚇我了！」

男客人的行為讓店裡的其他客人都停止了用餐，亞學跟廷揚也從廚房裡走出來，看到底是誰在吵。

「許警官，發生什麼事了？」玉蓁問道。那名客人正是跟亞學他們一起發現鄧爺爺屍體的許員警。

許員警穿著便服，看來他今天休假。亞學記得許員警休假時都會帶女友一起來店裡，但現在只看到許員警一人，沒看到女友的身影。

「你們有廁所的鑰匙嗎？」許員警說話的同時，手上還一直用力轉著門上的握把。「美禎她說要去一下廁所，結果她二十分鐘前進去到現在都沒出來，我敲門也沒回應。我怕她在裡面出事，可以幫我把門打開嗎？」

玉蓁來到廁所前轉了一下門把。門確實是鎖住的，不過裡面似乎有某種模糊的聲音。把耳朵貼到門板上聆聽後，玉蓁發現那模糊的聲音原來是哭聲。

廁所裡有人在哭。

玉蓁懷疑地看了許員警一眼，問：「她好像在裡面哭，你們吵架了嗎？」

「她在哭？怎麼可能？」許員警驚訝的反應不像是裝出來的。

玉蓁朝廷揚使了個眼色，廷揚會意過來，走去櫃檯拿廁所的鑰匙。

「玉蓁姐……妳開門的時候要小心一點。」亞學這時說，他的眼睛從剛才開始就一直盯著廁所，沒有離開過。

一模一樣。

此刻他從廁所門後感覺到的情緒，跟鄧奶奶剛才出現在店門口的時候一模一樣，那是醞釀著即將要爆發的悲痛、憤怒跟仇恨，彷彿門後的空間不再是廁所，而是即將吞噬一切的深淵。

聽到亞學的警告，玉蓁沒有多說什麼，只是點了個頭。沒有特殊體質的她聽到廁所裡的詭異哭聲，也能察覺到些許不對勁了。

廷揚很快把廁所的鑰匙拿來了。玉蓁把鑰匙插進孔內，大聲提醒一句「小姐，我要開門了」之後，便用力把門打開。

廁所門打開後，可以看到美禎就站在廁所裡。

她背對門口，對著鏡子低下頭，正在發出「嗚嗚嗚嗚」的模糊哭聲。

廁所門一開，大家全愣在門口不敢出聲。不要說其他人了，連許員警也不知所措，因為他根本不知道美禎為什麼會哭。

「美禎？」

許員警一開口，美禎唰一下把頭抬了起來。

玉蓁警覺性地往後退了一步。因為美禎的動作看起來不像是自己抬頭，反而像是被人抓著脖子，硬是抬起來的……。

美禎詭異地扭動脖子，緩緩轉過頭，用呆滯失神的五官看向門口。跟剛才的動作一樣，她的脖子不像是自己轉動，反而像是被人掐著，慢慢扭過去的。

一看到其他人，美禎嘴裡的聲音跟著發生變化，從哭聲逐漸變成「嘎嘎嘎嘎」的沙啞笑聲。這陣笑聲讓每個人身上都冒出了雞皮疙瘩，因為那聲音聽起來完全不像是美禎發出來的，而像是有人操控著美禎，逼迫她做出這些動作，逼她笑出來的……。

唯一能看到幕後黑手的只有亞學。其他人在廁所裡只看到美禎一個人，亞學卻看到了兩個人，除了美禎之外，還有鄧奶奶。

鄧奶奶就站在美禎旁邊，兩隻手分別抓住美禎的額頭跟脖子，強硬地把美禎的臉往後轉。感覺她只要再出一點力，美禎的脖子就會被扭斷。

像是知道亞學能看到她似的，鄧奶奶對著亞學露出猙獰的笑容。她的笑聲透過美禎的嘴巴傳達出來，讓早餐店的每個人都能聽到。

同時響起的還有櫃檯的電話。是點餐的電話還是來自醫院的回電？現在已經沒人有心思去留意了。

透過鄧奶奶猙獰的表情，以及她充滿惡意的笑聲，亞學很快知道了鄧奶奶的目的。

她想要報仇。

不管鄧爺爺在廁所裡去世了多久，在她的世界裡，只要廁所的門沒有打開，只要她沒有親眼看到鄧爺爺的屍體，鄧爺爺就還活著；就算隔著一道門，鄧爺爺還是永遠活在她的心裡。

鄧奶奶的世界只剩下鄧爺爺，兩人缺一不可，就算用這樣自欺欺人的方式生活下去，鄧奶奶也甘之如飴，只要鄧爺爺能在家裡陪她就好……。

但亞學打破了她的幻想。廁所門打開的那一刻，她僅存的希望隨之破滅，變成了巨大的痛苦跟仇恨。

對鄧奶奶來說，闖進屋裡、把廁所門打開的許員警就是殺害鄧爺爺的凶手，帶警察上門的亞學跟玉蓁也是幫凶。

而現在，鄧奶奶要讓他們也嚐到這種痛苦，就跟許員警打開鄧奶奶家的廁所門一樣，只要早餐店廁所的門被打開，也就代表美禎的死期到了。

「美禎……？」儘管眼前的女友看起來怪異到了極點，許員警還是想要過去靠近她。

「等一下，不要過去！」亞學急急忙忙把許員警攔住，說：「現在進去的話，會……。」

要是現在進去，鄧奶奶可能真的會殺掉美禎……亞學沒有把後半段的話說出來。其他人看不到鄧奶奶，但光憑氣氛也能感覺出來，現在靠近美禎實在不是好選擇。

可許員警哪管得了那麼多，用力把亞學推開，想要直接衝進廁所。

鄧奶奶看到許員警衝進來，臉上浮現一絲殘酷的笑容，美禎脖子往後轉的角度也越來越大……。

眼看扭轉幅度就要到達人體極限時，亞學聽到了「嗶」的一聲。

櫃檯的電話鈴聲停了，那是電話轉入語音信箱的聲音。為了避免漏掉廠商跟熟客的電話，玉蓁把語音信箱設定成自動擴音，這樣一來就算她在忙，也能知道是誰打來的。

跟廁所前的緊張氣氛相比，擴音中傳來的卻是一個悠哉的聲音：「玉蓁啊，打擾一下，我老伴在那裡嗎？」

玉蓁跟亞學都不敢相信自己的耳朵，連廁所裡的鄧奶奶也停下雙手，一臉錯愕地看向廁所外面。

因為此時此刻，他們從擴音中聽到的竟然是鄧爺爺的聲音。

「老伴，別生氣了，我這不是從廁所出來了嗎？」電話傳出的聲音裡帶著鄧爺爺一如既往的輕鬆幽默，說道：「妳早餐還要買多久？我都快餓死了。」

隨著鄧爺爺的聲音，一股溫暖的風從店門口灌入，直接吹到了亞學等人的身邊。

每個人緊繃的情緒跟身體都隨著這股風而放鬆下來。廁所裡的鄧奶奶也鬆開了掐在美禎脖子的雙手，她露出跟亞學一樣不可置信的表情，一邊從廁所走出來。

美禎整個人隨之癱軟下來，還好許員警已經衝進廁所，及時把美禎抱進懷裡，輕輕拍著她的臉問：「美禎，妳還好嗎？聽得到我說話嗎？」

美禎眨動眼睛，看到這麼多人圍著自己，她瞬間驚醒過來。不過她似乎對剛才的事情一點印象也沒有，一直問許員警發生了什麼事。

眾人的焦點都放在美禎身上時，亞學則是注意著鄧奶奶的動向。

鄧奶奶這時已經走到櫃檯旁邊盯著電話。這時，鄧爺爺的聲音又說：「快回家吧，我會一直在這裡陪妳的。」

鄧爺爺聲音中蘊含的力量給了鄧奶奶最後一擊。鄧奶奶身上發生了變化，她臉上慢慢綻放出溫和的笑容，變回亞學認識的那個鄧奶奶了。

鄧奶奶轉頭看向亞學，然後深深彎下腰來。

這個動作代表了她無法彌補的歉意，鄧爺爺的聲音讓她找回理智，從想傷害美禎的惡鬼恢復成原來的樣子了。

「亞學……？」

亞學意識到玉蓁在叫他時，鄧奶奶的身影已從櫃檯旁消失，離開店裡了。

「鄧奶奶還在嗎？你還看得到她嗎？」玉蓁有些擔心地問。

「沒事了，鄧奶奶她離開店裡了。」亞學想起剛才的電話，問道：「剛才……玉蓁姐妳也聽到鄧爺爺的聲音了嗎？」

「嗯，我本來還以為聽錯了，但那確實是鄧爺爺的聲音。」

玉蓁來到櫃檯檢查電話，卻發現沒有未接來電的紀錄，也沒有任何語音留言。剛才那通爺爺的電話……就跟佑傑的點餐電話一樣，是從另一個空間打來的嗎？

玉蓁還在思考，電話這時突然又響了起來，讓旁邊的亞學嚇了一跳。

「玉蓁早餐店你好！」玉蓁很快變回上班模式，一手接起電話，另一隻手操作電腦準備幫客人點餐。

不過，這通電話顯然不是客人打來的，因為聽對方說了幾句話之後，玉蓁的手很快就從電腦前移開，臉上的表情越講越嚴肅。「嗯，是的……啊，鄧奶奶她……是這樣嗎？我們這邊一直很擔心……。」

一聽到是跟鄧奶奶有關的電話，亞學的心又懸了起來。從玉蓁的表情來看，鄧奶奶在醫院一定發生了什麼事，不然她不會出現在早餐店裡。

玉蓁一放下電話，亞學就迫不及待地問：「是醫院打來的嗎？鄧奶奶怎麼樣了？」

「鄧奶奶的家人說，鄧奶奶今天在病房裡突然昏倒，一度失去呼吸心跳，情況很不樂觀。他們那裡亂成一團，所以才一直沒有接我的電話。」

「那，鄧奶奶她……？」亞學已經做好最糟糕的準備了。

還好，玉蓁臉上最後露出了笑容，說：「他們說，鄧奶奶剛才奇蹟似地脫離險境，清醒過來了。」

「哇，玉蓁姐妳可以一次說完嗎……？」亞學感覺像剛坐完雲霄飛車，終於能鬆一口氣了。

看來鄧奶奶在失去生命跡象的這段時間裡確實回到了早餐店，而且是帶著怨恨而來的。

最後是鄧爺爺的那通電話讓她從仇恨中清醒過來，鄧爺爺的電話不只救了美禎，也把鄧奶奶救了回來。

⁂

收到鄧奶奶今天晚上要出院回家的消息後，玉蓁便跟鄧奶奶的家人約好，帶著亞學、廷揚跟呂媛，大家一起去探望鄧奶奶。

到了晚上，一看到玉蓁上門，鄧奶奶做的第一件事情就是跟玉蓁道歉。因為玉蓁帶警察上門的那天，鄧奶奶不只罵警察，對玉蓁也罵了很多話。

至於前幾天突然昏倒、失去心跳差點沒命的事情，鄧奶奶只記得她當時夢到了鄧爺爺。

在鄧奶奶的夢中，就跟往常的每個早上一樣，她跟鄧爺爺一起坐在玉蓁的早餐店，早餐還沒吃完，鄧爺爺就突然說要走了。

「你要去哪裡？」鄧奶奶問。

「我要先回家了。」

「可是我還沒吃完啊！」鄧奶奶有些生氣，因為之前不管她吃多慢，鄧爺爺都會等她。

「沒關係，妳慢慢吃。」鄧爺爺只是微笑著說：「我會在家裡等妳，一直等妳……。」

鄧爺爺說完這句話，夢境就結束了。

不只是從夢境，鄧奶奶也從心魔中徹底醒來了。

「一回到家裡，我做的第一件事就是把廁所的門打開。」

鄧奶奶轉頭看向廁所，溫柔地笑著。「你們的鄧爺爺……他其實沒有死，只是用另一種方式在家裡陪我。」

在鄧奶奶說話的時候，只有亞學看得到，鄧爺爺一直坐在鄧奶奶旁邊。他時而輕輕摟住鄧奶奶的肩膀，時而把臉靠到鄧奶奶的耳邊，輕聲說著只有鄧奶奶能聽到的，屬於他們夫妻的話語。

✽

這天晚上，玉蓁等人拒絕不了鄧奶奶的熱情，吃了一頓晚餐才走。

鄧奶奶煮了許多鄧爺爺愛吃的菜，叫亞學跟廷揚一定要多吃一點，最後靠廷揚把菜全都吃完，鄧奶奶才心滿意足地讓他們回去。

「我決定好了。」送玉蓁他們到電梯前面時，鄧奶奶說：「我不會跟孩子們回去美國，而是要繼續留在這裡陪你們的鄧爺爺，繼續煮他愛吃的菜給他。亞學，記得也會有你的份喔。」

「嗝……那真是太好了。」亞學捧著肚子說，看來他有好一段時間都不用擔心晚餐了。

跟鄧奶奶在電梯前道別後，玉蓁一行人坐著電梯往下移動，電梯很快就在三樓停下來，亞學家到了。

亞學跨到電梯外，準備揮手跟玉蓁等人說再見時，他的手卻硬生生在空中停了下來。

「亞學，你又怎麼了？不想回家？」電梯裡的玉蓁歪著頭問。

「那個……玉蓁姐……，」亞學喉嚨發出明顯的咕嘟聲。「妳……那個……電梯裡……。」

「要幹嘛？有話快說。」負責按住開門的廷揚已經快沒耐心了。

不管了，說就說吧。

「玉蓁姐……那個女店員……妳不是問我有沒有看到她嗎？」

意識到亞學說的是思穎後，玉蓁的臉色也變了。

亞學接著指向電梯的最深處，說：「她現在就在妳後面。」

順著他手指的方向，玉蓁還有不清楚情況的廷揚跟呂媛都一起轉過頭，看著他們身後的空位。

亞學知道他們看不到，但他們一定能感覺到電梯溫度的變化。

思穎這次出現的模樣跟之前截然不同。她脫下長袍，露出了底下的身體。她全身的衣物都濺滿了鮮血，最怵目驚心的是脖子上的一道傷口，彷彿有利刃直直劃過她的喉嚨，濃稠而鮮紅的血從傷口中湧出。

思穎張開嘴巴，似乎想要開口說話，但她每次出力，喉嚨只會噴出更多鮮血濺在身上。

最後，思穎直勾勾盯著玉蓁，鮮紅的血淚從她的雙眼流出。只不過這一次，亞學從她的淚水中感受不到悲傷或憎恨，而是只有單純的，想要被擁抱的渴望。

外送員聽到了
看著餐點，腦中的回憶越來越鮮明了。
沒錯，這絕對是「她」點的。
這份早餐是給他的邀請函，為了讓他來到這裡……。

在空氣幾乎完全凝固的電梯裡，玉蓁轉過身體，面對著電梯內部的空位。

亞學知道玉蓁看不到，但他相信玉蓁一定能感覺到思穎就在那裡。

果然，玉蓁往前緩緩伸出手，方向不偏不倚地朝思穎的臉摸去。看到玉蓁的手朝自己伸來，思穎突然開始全身發抖。玉蓁的手每往前一公分，她的身體就往後退一步，就像在害怕什麼似的。

亞學無法理解，為什麼思穎的反應看起來像在逃避玉蓁？

之前出現在他面前時，思穎總是套著一件長袍，不露出身體。而這一次她選擇脫下長袍，把她被殺害時最真實、最脆弱的模樣展示在玉蓁面前，這不應該是一種信任的表現嗎？

而現在，玉蓁主動伸出手後，思穎卻全身都在顫抖，並不斷往後退，就像在外面鑄下大錯徬徨失措的小孩，不曉得該如何面對爸媽一樣……。

隨著思穎不知所措地後退，她的身影也逐漸被電梯的牆壁同化，直到消失不見為止。

這一刻，玉蓁似乎也感覺到思穎不在電梯裡了。她把手停在空中，朝亞學問道：「她現在……還在這裡嗎？」

「不在了，她走了……。」亞學說。

「是嗎？」玉蓁沮喪地把手放了下來，但她的雙眼仍持續盯著思穎剛才的位置。

「玉蓁姐，其實……，」亞學說：「我一開始是看不到她的，但自從我到早餐店上班後，她就開始出現在我的房間裡了。」

「她在你的房間？」

亞學沒有絲毫猶豫，他已經決定要全部告訴玉蓁了。「對，我跟她簡單溝通過，她說她是在我的房間，也就是在這層樓被殺死的……。」

「等等，老大，你們在說什麼？誰被殺死了？」廷揚急忙打住話題，從他跟呂媛的表情看來，他們都還不知道思穎的事情。

玉蓁嘆了一口氣，她也做出決定，要把關於思穎的事情告訴大家了。

「我們一起回店裡吧，我會跟你們解釋的。」

✿

難得到了晚上，玉蓁早餐店的燈還是亮著的，只是早餐店並沒有營業，而是在進行一場另類的員工會議。

店裡，四人圍坐在同一張桌子旁邊，玉蓁就坐在中間跟大家解釋關於思穎的事情。只是玉蓁這次說的版本跟亞學上次聽到的差不多，思穎是十一年前在這裡上班的女店員，後來離奇失蹤了，而玉蓁一直在尋找她的下落。

聽完思穎的事情後，廷揚跟呂媛的反應也各不相同。呂媛抓著胸口，捨不得地說：「玉蓁，這個思穎妹妹對妳來說一定很重要吧？不然妳不會到現在還一直在找她。」

「她的父母很早就去世了，她學生時期就在我這裡半工半讀，我一路看著她長大，對我來說，她就跟我的親妹妹一樣。」玉蓁說。

廷揚則是把重點放在思穎的失蹤上。「一個人不可能無緣無故消失不見。老大，這個妹妹失蹤之前，她的行為舉止有奇怪的地方嗎？」

「嗯……其實她失蹤前一天，我跟她才吵過一架。」玉蓁站起身來，說：

「與其用說的，不如直接讓你們看吧！」

玉蓁說完便走到了店裡的一面牆壁前，亞學跟其他人也跟在她後面。那是一面位於用餐區旁的牆壁，上面貼滿了各種餐點的宣傳海報；每當店裡推出新餐點或新飲品時，玉蓁就會把海報貼到這面牆上，增加客人的點餐慾望。在許多張海報的層層覆蓋下，已經看不到本來的牆面了。

而現在，玉蓁捏住那些海報的邊角，把它們一張張從牆上撕了下來。亞學一開始還看不懂玉蓁在做什麼，直到海報底下蓋住的東西終於露出來時，他才發出驚嘆之聲。「這是……？」

那是一面相片牆，牆上的中央區域貼滿了泛黃的拍立得照片，都是玉蓁在店裡跟客人的合照。

不只亞學感到吃驚，廷揚跟呂媛也目瞪口呆，他們都沒想到海報之下竟然別有洞天。亞學回想了一下，他以前住在這裡的時候，應該還沒有這面相片牆才對。

玉蓁主動解釋道：「我決定做這面牆壁的時候，你們家已經搬走了。當時我想說改變一下店裡的裝潢，增加一點生氣，便買了一台拍立得相機。不忙的時候我就會問客人要不要一起拍照，然後貼在這面牆上，讓大家也成為這間店的一分子。」

亞學在好幾張照片裡都看到了思穎，有跟玉蓁一起拍的合照，也有跟客人一起的。玉蓁當時給亞學看的照片，應該也是從這面牆上選出來的。

「思穎她很害羞，不喜歡拍照，每次都是我把她從廚房裡拉出來一起拍照的。她失蹤的時候，其實我有懷疑過一群客人……就是他們。」

玉蓁走到相片牆的最角落，伸出手指向其中一張照片。

那是一張團體合照，照片中，除了思穎之外還有四個年輕男生。

思穎在其他照片只有露出靦腆的微笑，唯有這張照片，她跟那些男生們一起露出了燦笑。

「這幾個男生不是懷恩社區的住戶，但他們每天早上都會騎車來吃早餐。他們的年齡跟思穎差不多，都是二十歲剛畢業；看得出來他們還沒有工作，騎著改裝機車在市區裡徹夜玩樂，玩累後就來這裡吃早餐，吃飽再回家睡覺。雖然思穎都在廚房裡忙，但眼尖的他們還是注意到了思穎，開始跟她搭訕聊天，約她晚上一起出去玩。」

玉蓁的眼神停留在那張照片上。從思穎在照片上的笑容來看，她很喜歡跟這些男生玩在一起。

「我曾經勸過思穎，跟年紀差不多的男生一起玩是很好，但她自己要學會判斷，什麼樣的人值得在一起，什麼人不值得。」

玉蓁重重地嘆了一口氣，繼續說：「思穎失蹤的前一天早上，她遲到了。後來那群男生才載她來店裡上班。原來她整天晚上都沒睡，跟他們在外面玩了整晚。我那時對她發脾氣，叫她回家睡覺，不要上班，以她現在的精神狀況根本無法專心工作。」

「啊……！」呂媛摀住嘴巴：「妳這樣說的話，她一定會賭氣的……。」

「是啊，沒錯，這年紀的孩子就是這樣。」玉蓁苦笑一下，說：「那一天，思穎勉強自己繼續工作，結果連續做錯好幾個餐點。最後我忍無可忍，在客人面前訓斥她一頓，她才哭著離開了店裡……那也是我最後一次看到她。隔天早上，她就沒來上班了。」

「老大，妳懷疑是那群年輕人把她帶走了？」廷揚也瞪著那張照片。

「嗯，因為思穎失蹤之後，那些年輕人就像是知道發生什麼事一樣，不再出現了……我一直認為，思穎被我罵完之後就去找他們訴苦，然後被他們說服，不再回來早餐店了。」

「這些年輕人的事情，警察知道嗎？」

「知道，我也有把照片給他們看，但警察還是找不到他們。」玉蓁握緊了拳頭，說：「他們每次來的時候，都把機車停在外面的人行道上，所以我沒看到他們的車牌。但是只要一次就好，只要再讓我看到他們的臉，或是再看到他們的機車一次，我一定能認出他們，問他們到底把思穎帶去哪裡了……。」

接著，她轉頭看向了亞學，說：「關於思穎的事情，我該說的都說完了，接下來換你了。」

「啊，好的……。」

在三人目光的注視下，亞學把在房間裡看到思穎、用菜單跟她溝通，以及她剛才出現的樣子全都說了出來。

亞學說完後，早餐店隨即陷入了一股低氣壓。因為亞學說的內容證明了一件事情，就是思穎已經死了，而且就是在懷恩社區裡被殺害的。這樣的話，那些年輕人就擺脫嫌疑了，因為他們並不是社區的住戶。

首先出聲打破這股沉默的是廷揚，但他不是站在亞學這邊的。

「老大，我覺得我們先不要相信這小子說的話。」廷揚直指著亞學的鼻子，說：「他說自己能看到鬼，我們就要相信他嗎？我可不信這一套，說不定那女生現在還活著，我們不能這麼快就放棄。」

「怎麼這樣？我是真的能看到啊……！」亞學急忙幫自己辯駁：「對了！思穎留下的那支手機號碼，那可能就是凶手的手機！玉蓁姐，妳對那支號碼有印象嗎？」

玉蓁無力地搖了搖頭，代表她一點印象也沒有。

「好啦，現在我們應該要站在同一邊，幫忙一起找到那女生才對啊！妳說對吧？玉蓁。」呂媛站出來調停，並請玉蓁也幫忙講一下話。

但玉蓁整個人卻像失了神般，雙眼失焦地盯著空中，問道：「亞學，你說……剛才在電梯裡，我差一點就能碰到思穎了嗎？」

「對，就差一點點。」

「她消失的時候，看起來是怎麼樣的？」

「她看起來很緊張、很害怕，像是不敢被妳碰到，怕會被妳罵的樣子。」

「是嗎？她還在怕我嗎……？」玉蓁雙眼泛出了淚光。「要是知道事情會變成這樣，那天我就不會罵她了……。」

這時亞學終於明白了，之前透過早餐店菜單溝通時，思穎曾經說過，她不想讓玉蓁知道她在這裡，也不想讓玉蓁知道她已經死了，因為她知道自己的任性傷了玉蓁的心。

可是當玉蓁坐電梯來到三樓時，思穎還是出現在玉蓁面前。她選擇在玉蓁面前露出真實的樣貌，因為只有玉蓁能觸摸那道傷口、撫平她的傷痛。

只是在玉蓁要摸到她的那一刻，思穎還是選擇了逃跑。

或許她覺得，自己還沒有資格接受玉蓁的原諒吧？

✽

那天晚上從店裡離開時，亞學問玉蓁要不要去他的房間，說不定思穎會再出現。玉蓁卻婉拒了。她說：「既然她還怕我，那我就不去了。可是……如果她又出現跟你溝通，請一定要跟我說。」

玉蓁的目標沒有變，找到思穎、找到十一年前失蹤的真相；如果思穎真的是在那房間遭到殺害，那就是很大的線索了。只是下一步該如何追查，大家目前還沒有一個方向。

隔天上班時，亞學明顯感覺到玉蓁今天的工作情況沒有之前那麼有活力。雖然她嘴巴上沒說，但昨天從自己那邊得到的資訊一定對她造成了不小的影響，廷揚跟呂媛也都識相地專注在工作上，不去打擾玉蓁。

店裡低氣壓的情況一直維持到下午要打烊的時候，一聲宏亮的喊叫才讓店裡稍微恢復了一點活力。「玉蓁大姐，店裡的帥哥美女們，又見面啦！」

走進來的是早餐店的熟面孔，健修。

三十多歲的健修是一名外送員，也是懷恩社區的住戶，他早上都會在家裡上線等單，通常第一筆就是玉蓁早餐店的訂單。性格開朗的他往往人還沒走進來，聽到大聲問好的聲音就能知道是他來了。

健修頭上還戴著印有外送Ｌｏｇｏ的安全帽，看來他還沒下班。玉蓁看了一下櫃檯上放著的餐點，發現沒有外送的訂單。「健修，你要取餐嗎？可是現在店裡沒有外送單喔。」

「我知道，我不是來取餐的，是來退餐的。」健修說著把一袋餐點放到櫃檯上，說：「我把這筆單送到客人家的時候，客人一直沒有出來拿。按照規定外送員可以自行處理，不過我早上剛吃飽，實在吃不下了，想說就退回來給你們好了。」

玉蓁看了一下袋子上貼著的餐點明細，說：「等一下，這位客人昨天是不是也有點同樣的內容，然後也是你送的？」

健修抓了一下頭，不好意思地說：「玉蓁大姐記性果然好。昨天這筆單確實也是我送的，不過客人一樣沒出來取餐，最後被我拿回家吃掉了。」

「連續兩天都沒有取餐，是惡意棄單嗎？」

「其實不只這兩天，這個地址前幾天都有從妳的店裡訂餐，最後都沒人取餐。我看外送群組裡有好多人都在講這件事，因為住在那裡的那位小姐，之前是不會這樣亂棄單的。」

「住在那裡的客人？你們認識她？」

「是啊，她在我們外送員的圈子很有名，我們還幫她取了個綽號，叫『鋼琴小姐』。」

廚房裡的呂媛聽到這裡，忍不住說：「鋼琴小姐，好夢幻的綽號喔！」

「是啊，因為每次送她的單時，我們都會聽到她彈鋼琴的聲音。」健修臉上揚起笑容，像是回想起了當時的琴聲。「她家是一間很漂亮的歐式洋房，我們把機車停在外面的時候，不只能聽到她彈鋼琴的聲音，還能透過窗戶看到她彈琴的身影，真的很漂亮。還有，她出來拿餐點的時候都很有禮貌，也會給我們小費，我們外送員都超喜歡她的。只是……。」

健修的聲音突然沉了下來，說：「差不多一年前吧，她好像搬家了，大家都沒有再接過她的單。偶爾經過她家，看到窗簾都是拉上來的，感覺已經沒有人住了。」

「可是，這幾天她不是還有點餐嗎？」玉蓁問。

「對啊，我們以為他們家搬回來了。結果到她家一看，不但沒有人出來取餐，房子看起來也跟之前一樣沒有人住，所以我們都懷疑是不是有人故意在惡作劇了……。」

在廚房收東西的亞學本來只是默默聽著他們的對話，但隨著健修越講越多，亞學突然有一種熟悉感。漂亮的歐式洋房、鋼琴……這些詞彙逐漸勾起了他十一年前的某段回憶。

「健修大哥，不好意思。」亞學從廚房裡探出頭來，問：「那位鋼琴小姐的家在哪裡？」

健修說出地址。亞學覺得很耳熟，再看櫃檯上健修拿回來的餐點，單子上寫著餐點內容是一份綜合炸類拼盤，還有兩份小杯奶茶。

「健修大哥，我下班之後，你能帶我去鋼琴小姐家看一下嗎？」

「可以啊，反正我今天也送累了。不過，你要去那裡幹嘛？」

「有件事情，我想親眼確認一下。」

亞學又看著那袋餐點，腦中的回憶越來越鮮明了。沒錯，這絕對是「她」點的……。

❀

健修帶亞學來到那棟房子前面時，房子的大門深鎖，每扇窗簾都被拉上，外牆積滿灰塵，明顯沒人居住，但還是掩蓋不了建築本身的典雅氣質。

站在這棟房子前面，亞學更加確信了自己的想法，記憶越來越清楚。

這並不是他第一次來這裡了。

亞學提著那袋沒人領取的早餐朝門口走去，健修則跟在他後面，好奇地問：「你說要來這裡看一下，為什麼要把這袋早餐也帶過來呀？」

說實話，亞學自己也不知道，他只是有種直覺，「她」會點這份餐點，就是為了讓自己來到這裡。

果然，亞學一站到門口，原本鎖著的門把發出喀嚓一聲，厚重的門板隨之敞開，看起來就像在歡迎亞學入內。

同時，屋內傳來了一陣輕盈悠揚的鋼琴聲。

一聽到鋼琴聲，健修整個人像是觸電般，整個人瞬間劇烈地抖動了一下，說：「就是這首曲子！每次外送來這裡的時候，她彈的就是這首曲子！」

這是一首亞學沒聽過的鋼琴曲，隨著音符輕柔流入耳中，亞學整個人從內到外像是被淨化洗滌一般，所有煩惱瞬間煙消雲散，整個身體變得輕飄飄的。

但亞學沒有忘記這次前來的目的。他一邊沉浸於奇妙的琴聲之中，一邊走進屋子裡。如果他沒記錯的話，應該能在客廳裡看到「那個」才對。

他按照十一年前的記憶，一走進客廳就向右轉，果然看到了那台鋼琴。

此時此刻，一名身穿表演禮服的年輕女子正坐在鋼琴旁優雅地彈奏著。她的手指像是擁有魔力，每按下一個琴鍵，音符就會化成各種色彩在空中飛舞。亞學不只被音符的魔力所吸引，更因為女子的彈奏技巧而感到目眩神迷。

健修也走進屋裡，站在亞學旁邊嚇到一動也不敢動。亞學知道健修看不到那名女子，在他眼中，鋼琴應該像是鬧鬼一樣在自動演奏吧？

音符繼續流動，亞學不懂音樂，但他從旋律的起伏聽得出來，樂曲已經來到了尾聲。

最後一個音符落下時，女子從座位上站了起來，彎下腰朝亞學跟健修鞠躬，就像真的結束了一場正式演出。

接著，女子抬起頭來對亞學露出一個暖心的笑容，然後整個人跟鋼琴最後的餘音一起消散在亞學的眼前。

屋內恢復安靜後，健修才如大夢初醒般，大聲嚷道：「這……這屋子鬧鬼啊！鋼琴竟然自己在動！」

「不是鋼琴自己在動，是她彈給我們聽的。」亞學冷靜地說。

「她？誰啊？」

「就是你們外送員說的鋼琴小姐，她的名字叫李暐婷。」

「啊？你認識她？」

「對，我認識她……。」亞學一邊說著，一邊把早餐放到了鋼琴上。

他知道，這份早餐是暐婷給他的邀請函，因為他第一次來這裡時，買來的就是這些餐點。

❀

亞學國中的時候，有些課程會需要分班上課，學生們會被打散，分配到不同的教室去上課。

每次上完課再回到本來的教室時，他都會發現自己的桌上多了許多鉛筆跟橡皮擦的痕跡，像是有人用鉛筆在他的桌上畫線，然後再用橡皮擦塗掉。

到底是誰，為什麼要在他的桌上亂畫？為了解開這個疑問，亞學在分班上課的時候，趁著下課時間回到本來的教室一看，發現坐在他位子上的是一個女學生，而她正閉著眼睛，伸出雙手在桌面上做出按壓的動作。

終於被我抓到了吧，現行犯！

亞學怒氣沖沖走進教室。走到一半時，亞學發現那女學生嘴裡似乎在哼歌。他認得這個旋律，是〈卡農〉，奇妙的是，〈卡農〉的旋律跟她獨特的歌聲結合在一起後，亞學的怒火竟然一瞬間就被澆熄了。

來到桌子旁邊一看，亞學發現女學生用鉛筆在桌上畫了鋼琴的黑白鍵，而她的手正按在琴鍵上，假裝自己在彈鋼琴。

亞學默默站在桌邊，等〈卡農〉進入最後一個音符後，他才出聲問：「妳為什麼要在我的桌上畫鋼琴？」

「啊！」女學生似乎還陶醉在演奏中，聽到亞學的聲音，她整個人差點從椅子跳起來。

「你……你坐在這裡嗎？」她睜大雙眼看著亞學，還沒從驚嚇中回神。

「對，這是我的位子。」亞學指著桌面，說：「雖然妳都有用橡皮擦擦掉，不過還是會留下痕跡，這讓我很傷腦筋耶。」

她馬上把雙手從桌面上收回去，輕聲說：「對不起，我只是在練習彈鋼琴而已……。」

「幹嘛不在家裡練習，跑到學校裡練啊？」

「因為……我家裡沒有鋼琴。」

「沒有鋼琴？那妳怎麼會彈？」

「我是在網路上看影片自己學的，我爸媽不想讓我學鋼琴。」

亞學想起女學生剛才在桌面上彈琴的流暢動作，說：「但我覺得妳彈得很好啊，為什麼不讓妳學？」

「因為這個，你看。」女學生舉起雙手，把每根手指展示出來，說：「他們覺得我的手指太短，說彈鋼琴不適合我，一直要我學別的才藝。」

確實，以國中女生來說，她的手真的比較小。

「但我就是想彈鋼琴，所以才自己偷學，然後把琴鍵畫在桌上來練習。如果這樣會妨礙到你，那我以後分班上課的時候就不畫了……。」

「算了啦，沒關係。」亞學說：「妳就把琴鍵留在我的桌上吧，不用擦掉也沒關係，這樣妳以後來就可以直接練習了。」

「咦？」女學生又驚又喜，不敢置信地說：「可以嗎？」

「嗯。」亞學用力點點頭，說：「我不懂音樂，可是我覺得妳彈鋼琴的動作很漂亮，哼的旋律也很好聽，繼續練習，妳家人一定會改變主意的。」

「謝謝你！」女學生開心得差點跳起來。「我叫李暐婷，你呢？」

「我叫賴亞學。」

這是亞學跟暐婷認識的第一天。

差不多一個月後，明明還沒到分班上課的時候，暐婷卻跑到亞學的教室來找他了。

「你這禮拜六有空嗎？我想請你到我家來！我家人終於讓我買鋼琴了！」暐婷開心地在教室門口跳來跳去，吸引了其他同學的注意。

亞學覺得很不好意思，但也為暐婷感到開心。「恭喜妳！好啊，禮拜六我可以去！」

「那你要來喔！我彈〈卡農〉給你聽！」

她是真的喜歡這首歌呢？還是單純只會彈這首歌？亞學不知道。

禮拜六早上，亞學騎腳踏車出發之前先在玉蓁早餐店買了早餐，想說到時可以跟暐婷一起吃。

只是當門打開時，他看到的並不是那個雀躍期待彈鋼琴給他聽的暐婷，而是整個手掌被紗布包裹住、一臉快哭出來的暐婷。

原來暐婷太開心，起床的時候從床上摔下來扭到手指，沒辦法彈琴了。

「都特地叫你來了，結果沒辦法彈給你聽……。」

暐婷忍著眼淚跟亞學道歉。亞學安慰她說：「沒關係，我有買早餐，至少可以一起吃早餐。」

亞學那天買的早餐，正是一份綜合炸類拼盤，還有兩份小杯奶茶，兩人一起在客廳裡看電視吃完了。

兩人在那天約好，等暐婷的手好的時候，一定會彈琴給亞學聽。

只是那個時候會考已經快到了，亞學接下來的時間幾乎都在讀書跟考試中度過。

還等不到暐婷再來約他，亞學就畢業搬走了。

✿

「真的……沒想到你跟鋼琴小姐還有這樣一段故事……。」

亞學跟健修坐在暐婷的家門口，聽亞學說完十一年前的往事後，真性情的健修已經哭得一把眼淚一把鼻涕了。

「所以我們剛才在裡面聽到的琴聲，就是鋼琴小姐想彌補以前的承諾，所以一直在等你回來，彈鋼琴給你聽吧……真是太感人了……嗚哇……。」

看到一個大男人因為自己的往事而哭成這樣，亞學還真是有些不習慣。

「可是……這樣的話……，」健修用袖子擦了一下眼淚，說：「這不就是等於說，鋼琴小姐已經……。」

「嗯，很不幸的，她已經不在了……。」

相隔十一年沒見面，亞學還是一眼就認出來了，剛才在屋裡彈鋼琴的女子就是暐婷沒錯。

既然會用這樣的方式再見面，就代表暐婷已經不在人世了。

讓亞學在意的是暐婷最後的鞠躬。她不只是在對亞學表示感謝，更像在跟亞學說：「一切拜託你了。」

十一年後的暐婷，究竟發生了什麼事？

❈

隔天上班，亞學一直注意著訂單，看有沒有跟昨天一樣的外送訂單進來。

不過一直到快打烊為止，亞學都沒有看到綜合炸類拼盤跟小杯奶茶的訂單，看來鋼琴小姐今天沒有點餐。

又或者是她已經成功履行跟亞學的約定，就沒必要再點外送了。

「亞學，昨天後來怎麼樣了？」

正準備清潔桌面的亞學發現玉蓁在叫他時，一時間不知道她指的是什麼。

「你昨天不是跟健修一起去鋼琴小姐的家了嗎？」玉蓁又問了一遍：「後來怎麼樣？有什麼發現嗎？」

事到如今，亞學已經決定不再隱藏任何祕密，便把在那屋子裡遇到的事情，以及他跟暐婷以前的事情都說了出來。

廚房裡的廷揚跟呂媛也湊過頭來一起聽著。只是兩人聽完後的反應各不相同。廷揚聽完後面無表情繼續工作，像是對這類故事沒有興趣；呂媛則是用雙手撐著臉，一臉惋惜地說：「天啊，好可惜的一段過去，如果你們有一直保持聯絡的話，說不定……。」

比起可惜，亞學更想知道暐婷發生了什麼事。因為在暐婷家裡，其他家具都被搬走了，只留下鋼琴沒有動過，彷彿她的家人刻意把鋼琴留下來了。可是鋼琴是暐婷的最愛啊，為什麼他們不把鋼琴帶走呢？

一想到這個問題，亞學彷彿又聽到了昨晚的琴聲，那首神奇的、能在瞬間洗滌人心的奇妙歌曲……。

亞學以為自己聽到的是昨晚的回憶，正準備沉浸在音樂中時，他很快發現了不對勁。因為這聲音不是來自他的大腦，而是真正從耳邊傳來的。

「咦？」亞學發現聲音是玉蓁發出來的，她正哼著跟暐婷彈的曲子一模一樣的旋律。

「就是這首……玉蓁姐，妳怎麼知道這首歌？」

「因為我聽過這首歌，而且就是在店裡聽到的。」玉蓁淡淡一笑，說：

「聽你說完之後，我也想起了一件事。」

玉蓁指向角落的座位，說：「幾年前，有個女生經常來店裡。她習慣坐在那個位子上，然後在桌上鋪上一張印著鋼琴圖案的帆布，一邊彈一邊輕輕哼歌，然後在筆記本上寫東西，看起來像是在創作歌曲。

「我跟她聊過天，她說她以前有個朋友住在懷恩社區，那個朋友還買過這裡的早餐去給她吃；只是畢業的時候來不及留下聯絡方式，後來就沒再見過面了。但她相信那個朋友一定會再回來這裡，因為她答應過對方，一定要練好鋼琴，把自己創作的曲子彈給他聽……。」

玉蓁還沒說完，呂媛已經發出哽咽的聲音，連亞學也感覺眼眶熱熱的。毫無疑問，那女生就是暐婷。原來她曾經在玉蓁早餐店等亞學出現，而亞學昨天聽到的曲子，正是暐婷特地創作要彈給他聽的……。

「你離開之後，她一直沒有忘記跟你的約定。」玉蓁拍了拍亞學的肩膀，說：「去找出她發生了什麼事吧，這樣才不會辜負了她的等待。」

「但是……我該怎麼找？」

「聯繫她的家人看看吧！」玉蓁說：「他們家現在空著，應該還處於出售狀態。如果屋主還是他們家的人的話，請易隆大哥幫忙，可能會有方法。」

玉蓁這一提醒，亞學才想起易隆的房仲名片還收在他的家裡。

易隆曾經說過，他的店不在這一區，不過有需要都可以找他。

透過他聯繫，要找到暐婷的家人應該並不難。

✽

易隆沒有讓亞學失望，他很快就找到了暐婷的家人。不過有個問題，暐婷的家人並不打算把房子賣掉，因此連房仲也很難跟他們見到面，光是要取得聯繫，易隆就費了不少功夫。

電話中，亞學跟易隆說：「易隆大哥，能請你再幫個忙嗎？你跟他們說我是暐婷的國中同學，很久沒跟她見面了，這次回來想跟她見面敘舊一下。」

易隆嘖了一聲，語帶保留地說：「還是有點困難呀，暐婷是他們家的女兒吧？如果每個人都說是他們女兒朋友的話，就……。」

「請你跟他們說，我去他們家的那天，暐婷因為可以彈鋼琴，太開心從床上摔下來扭到手了。只要這樣說的話，他們就知道我是誰了。」

「好吧……我跟他們說說看。」

一段時間後，亞學很快就接到了易隆的回電。「這招有用耶！他們說可以跟你見個面，你想跟他們約在哪裡？」

還能是哪裡呢？亞學想也不想，便約了明天下午打烊後的時間，在玉蓁早餐店見面。

❀

到約好的時間時，店裡的打烊工作已經完成了，除了先下班的廷揚之外，玉蓁跟呂媛都留了下來。她們都很好奇暐婷的結局，玉蓁還特地泡好咖啡來迎接暐婷的家人。

對方準時來到早餐店，是暐婷的哥哥。亞學十一年前在暐婷家看過他，當時，暐婷哥哥已經是大學生，外表並沒有改變太多。

「你是……亞學嗎？」暐婷哥哥也很快認出亞學。

「是啊。」亞學幫暐婷哥哥拉開椅子，說：「十一年不見了，謝謝你還記得我。」

「沒辦法，那天發生的事情印象太深刻了。」暐婷哥哥苦笑著，說：「那天，暐婷因為手扭傷而沒辦法彈鋼琴給你聽。雖然她在你面前強顏歡笑，後來卻一直在鬧彆扭，連爸媽也拿她沒辦法。」

暐婷哥哥坐下來拿起咖啡後，亞學也不打算客套，直接進入正題，問：「那暐婷呢？她最近還好嗎？」

儘管知道暐婷已經不在了，亞學還是想知道真相。

暐婷哥哥拿杯子的手硬生生停在空中。過了幾秒後，他才喝下第一口咖啡，回答道：「她死了，自殺，是一年前的事了。」

亞學跟呂媛全身都竄過一股涼氣。可不知道為什麼，玉蓁卻顯得跟平常一樣冷靜。

自殺。這是亞學沒有想到的答案，暐婷明明那麼喜歡音樂跟鋼琴，為什麼會自殺？

不等亞學詢問，暐婷哥哥就說了下去。「暐婷高中畢業後就進到大學的音樂系，繼續學音樂創作。幾年前，她終於寫出一首她很喜歡的曲子，還說等遇到你時一定要彈給你聽。」

亞學跟玉蓁交換了一下視線。那首曲子想必就是暐婷在玉蓁店裡寫出來的，也是亞學昨天在暐婷家裡聽到的曲子吧！

「只是，那首曲子卻被別人偷走了……。」暐婷哥哥握住咖啡杯的手越來越用力，手臂上的青筋都暴露出來了。

「一年前，那首曲子被另一位音樂家重新編曲，以自己的名義在樂壇上發表。暐婷曾經站出來抗議，表明她才是原作曲；但對方是樂壇知名的前輩，輕而易舉就把暐婷打成抄襲，讓暐婷在音樂界的名聲一夕之間全部黑掉。」

「怎麼會這樣……？」呂媛很不敢相信。「但曲子是暐婷在這間店寫出來的，不管是筆記本跟電腦，都一定有證據留下來吧！」

「沒用的，我們都找過了。」暐婷哥哥嘆了一口氣，說：「背叛暐婷的人，就是她的男友兼導師……在歌曲發表的前一天，他就把暐婷的電腦資料刪光，筆記也被他帶走；所有能證明暐婷是原作曲的資料都沒了，就算要跟他打官司，勝算也是微乎其微。」

亞學沒想到真相竟是這樣。暐婷是為了捍衛自己的作品而死的，難怪她的家人沒有把鋼琴帶走，因為對他們來說，看到鋼琴就只會想到傷痛而已吧。

「不好意思，」玉蓁突然打破沉默，說：「在你來之前，我私底下查了一下暐婷的事情，我覺得還有一個方法能扳回勝算。」

不只暐婷哥哥覺得困惑，連亞學也不知道玉蓁所說的方法是什麼。

玉蓁轉頭看了一下門口，說：「他們應該到了。」

誰要到了？亞學看向門口，卻沒看到半個人。

不對，好像有什麼聲音。

是機車引擎的聲音，而且不止一台，有很多機車正朝著早餐店騎過來。

一眨眼的工夫，玉蓁早餐店門口就停滿了許多機車。每台機車上都掛著外送員的箱子，騎在最前面的正是健修。他跳下機車後，朝店裡大喊：「玉蓁大姐，我照妳說的，在群組上把每個去鋼琴小姐家用過餐、聽過她彈鋼琴的人都帶過來了！」

「謝謝，辛苦了！」玉蓁微笑著跟外送員們揮手，接著再對暐婷哥哥說：「這就是我說的方法，只要讓他們去作證，相信一定能把公道還給暐婷。」

暐婷哥哥仍處於目瞪口呆的驚嚇狀態，他不知道這麼多外送員跟暐婷的作品有什麼關係。

但亞學已經明白了。

為什麼暐婷要透過外送的方式讓亞學到她家去呢？他終於知道答案了。

按照健修的說法，早在一年之前，去暐婷家送過餐的外送員，都聽過暐婷在家裡彈奏這首曲子，這可以證明暐婷的創作時間比對方的發表時間還早；而且很多外送員都有配戴 GoPro 或祕錄攝影機，影片有存檔的話，都可以當成證據。

這麼多的外送員集合起來，絕對是不容忽視的證據，只要大家一起作證，就有勝算。

暐婷那天晚上的鞠躬，除了是履行跟亞學的承諾，其實也是在跟健修說：「拜託了。」

她相信外送員，相信他們一定都聽到她的琴聲，並記在心裡了。

跟著玩具走

一個物品只要被主人重視愛護，
主人的靈魂就會留在上面。

「思穎，妳出來一下好嗎？」

思穎從廚房走出來時，玉蓁手上正拿著一台拍立得相機，臉上露出不懷好意又帶著期待的詭異笑容。

「姐，妳手上拿相機是要做什麼啊？」思穎從玉蓁的笑容中察覺到某種陰謀，因此站在廚房門口沒有出去。

「唉喔，妳出來就是了，我們拍張照嘛！」

玉蓁硬把思穎從廚房拉到櫃檯前面，用拍立得幫兩人拍了一張自拍。思穎沒有做好拍照的心理準備，不過一面對鏡頭，身體還是本能地做出了微笑比YA的動作。

玉蓁按下拍照按鈕，一陣閃光過後，照片唰一聲就從相機中滑出來了。

拍立得照片跟一般手機拍照不一樣，無法預知拍出來會是什麼樣子，運氣好的話拍一次就能成功；運氣不好，可能拍好幾次都會因為過度曝光而變成廢片。玉蓁事先用不少底片練習過，一次就成功了。

「如何？拍得不錯吧？」

玉蓁把拍好的照片拿給思穎看。

雖然拍立得的畫質比不上手機，但它還是完整記錄下了玉蓁跟思穎合照的笑容，稍微模糊的色調反而更溫馨，更有真實感。

「好看是好看……可是姐，現在拍照用手機就很方便了，妳沒事幹嘛買拍立得啊？」

「嘿嘿。」玉蓁臉上又露出那帶著陰謀的詭笑，然後從抽屜拿出膠帶，走到用餐區的牆壁前面，用膠帶把照片貼在牆壁的正中央。

「姐，妳在幹嘛啦？」思穎大驚失色，照片直接被貼到牆壁上，對害羞的她來說等於是公開處刑。「快撕下來啦，這樣很丟臉耶！」

「那是因為現在只有我跟妳在上面，等照片更多一點之後，就不會覺得奇怪了。」

「咦？所以姐，妳是想……？」

「嗯，這間店能撐到現在，靠的就是客人們的支持。我想拍下更多跟客人的合照，貼滿這面牆壁，讓這面牆成為我們店獨一無二的裝飾。」

「蛤？可以不要嗎？這樣很奇怪耶。」

「妳相信姐就對了啦，我們現在先好好享受牆壁上只有我們兩個人的時刻吧，以後可能就沒這個機會了。」

玉蓁拉過思穎，兩人一起看著牆上唯一貼著的兩人的合照。

玉蓁一臉得意。在她的想像中，這面牆壁已經貼滿照片了，而照片上都是她與客人的笑臉，那正是支持她的最大力量。思穎則是紅著一張臉，恨不得馬上跳起來把照片撕掉。

玉蓁從十一年前的記憶中回過神來。

她現在再看向那面牆壁，牆面上，現在只有滿滿的餐點海報，牆上的照片終究沒有貼滿。思穎失蹤之後，玉蓁像是刻意想把這些照片藏起來似的，用海報把牆壁蓋住了。

雖然表面上看不到，但玉蓁知道那些照片還在牆上。那些照片中有她跟思穎的美好回憶，可現在一想到這些回憶，她心裡只有後悔跟痛楚……要是那天沒罵思穎，是不是一切就會不一樣了？

「玉蓁姐，早安。」

「老大，早安。」

亞學跟廷揚相繼走進店裡準備開店，玉蓁趕緊把視線從牆壁上移開，問候道：「早安，今天也要麻煩你們了。」

呂媛不久後也來到店裡。開店準備工作差不多就緒後，玉蓁湊到亞學身邊，偷偷問道：「亞學，思穎她……？」

玉蓁沒有把後面的句子問出來，不過亞學知道玉蓁的意思，搖搖頭說：「沒有，她這幾天都沒有出現。」

「這樣啊，好吧……。」玉蓁掩蓋不了心中的沮喪，聲音消沉。

「玉蓁姐，我有個想法，妳聽聽看。」亞學說：「現在可能需要一個誘因，思穎才會再度出現。像我第一次看到思穎的時候，就是因為早餐店的菜單；還有那天，電梯一停在三樓，思穎就來找妳了。如果妳願意到房間來，思穎一定會再出現的！」

這些玉蓁又怎麼沒想過呢？但她還是婉拒了亞學，說：「我再想一下……先準備開店吧。」

玉蓁之所以不接受自己的建議，亞學大概知道原因，因為這對玉蓁的壓力太大了。

假如思穎真的是因為被玉蓁罵完，賭氣跑去找某個人，或做了某件事後才被殺害的，那玉蓁就等於是間接害死思穎的凶手。這樣的真相對她來說太過悲痛，也太過沉重。她想找到思穎，卻還沒準備好承受真相的重量。

拉開鐵門開始營業後，今天早上就跟往常一樣，在上班上課的人潮出門前，客人都還不是很多；也就是在這個時候，店裡來了一組不尋常的客人。他們身上都穿著同一件背心，乍看之下像是選舉時挨家挨戶拜票的競選團隊，不過背心上印的並不是候選人的姓名跟號碼，而是「兒福聯盟」的標示。

這組客人的出現吸引了廚房裡亞學等人的注意。兒福聯盟的人來店裡做什麼？該不會只是來吃早餐的吧？

他們一走進店裡，帶頭的人便跟玉蓁打招呼。「妳好，我們是兒福聯盟，今天有跟老闆約好，要來張貼海報。」

玉蓁像是早就知道他們要來，迅速打了個手勢，叫廷揚來接管櫃檯的工作，然後帶著兒福聯盟的人走到外面，對著門口指手畫腳，一邊說：「我覺得貼這個位置比較好，這樣每個經過的人都能看到，特別是這個社區的住戶，你們覺得呢？」

「嗯，我也覺得這個位置不錯。真的很謝謝妳，願意提供店面讓我們張貼海報。」

「不用客氣，這是我該做的。」

接著兒福聯盟的人不知道把什麼東西貼在店門口，然後再次集體跟玉蓁道謝。亞學在廚房裡看不到他們到底貼了什麼，而從廷揚跟呂媛困惑的表情看來，他們也不知道玉蓁在做什麼。

直到兒福聯盟的人離開，趁現在沒有餐點要製作，亞學跟其他人才一起跑到店外，看店門口到底貼了什麼。

一來到外面，三人瞬間恍然大悟。原來那是一張協尋失蹤孩童的海報，就貼在店門口最顯眼的位置。

海報上貼著好幾名小孩子的照片，照片旁標示著他們的失蹤年齡、日期跟地點，以及身上的特徵。

每次在外面看到這樣的海報，亞學心裡總是會忍不住揪一下，因為這些孩子的失蹤時間都是以年計算的，就算現在見到面，也不一定能認得出來。一個孩子就這樣消失不見，這麼多年的時間裡，家屬們究竟是用什麼樣的心情支撐下去的呢？

有這種想法的不只亞學。呂媛也緊揪住自己的胸口，說：「原來是來貼這個啊……。」

「嗯，我看到他們在網路上尋找願意張貼海報的店家，就和他們聯絡了。」玉蓁說。

「如果這樣能幫他們早日跟家人相聚，那就太好了。」

呂媛雙手合十，像是在祈求這些孩子能快點回到家人身邊。不過大家都知道沒這麼簡單，因為多數人看到海報之後，頂多就是多看幾眼，回到家就忘記了。這些協尋海報的真正意義，與其說是請社會大眾幫忙找人，不如說是家屬們藉由海報在提醒自己，他們還有家人沒回家。

亞學看向玉蓁，她會願意提供店面來張貼海報，應該也是因為思穎的關係吧？思穎沒有其他家人，玉蓁就是她沒有血緣關係的姐姐，玉蓁也一直把思穎當成妹妹照顧。所以玉蓁知道家人失蹤後，那種滿心焦急卻又無能為力的感覺有多痛苦。

不過這時，亞學卻在玉蓁的臉上看到了意想不到的表情。

玉蓁皺著眉頭，瞇眼專心盯著海報上的照片，看起來像在思考，又像在回憶。該不會海報上的失蹤孩童中，有她認得的人吧？

這時，廷揚突然說：「老大，有客人。」

客人就是這麼神奇，總是像約好似的一起上門，現在正是這樣。只見好幾組客人一起走進店裡，在櫃檯前面等著點餐，玉蓁趕緊叫大家回到廚房，繼續工作。

亞學回去廚房前又對協尋海報多看了幾眼。儘管上面的名字跟照片他可能沒多久就會忘記了，不過他知道，只要他能記得其中一個名字、其中一張照片，這些孩子回家的希望就會多一點。

✽

打烊前，客人已經沒那麼多的時候，玉蓁突然走進廚房，把一張紙條跟鈔票交給亞學。

「亞學，你幫我去闔家百貨買些東西好嗎？」

亞學接過紙條，發現紙條後面還夾了幾張鈔票，紙條上則寫著衛生紙、洗碗精等店裡會用到的清潔用品。這些東西跟食材不同，不能跟廠商大量叫貨，只能自己去買。

「好的，玉蓁姐，我去買一下就回來。」

闔家百貨就在懷恩社區附近，走路三分鐘就能到，是個複合式的五金大賣場，什麼東西都找得到，價格又便宜，很多住戶都會去那裡買東西，亞學以前也很常跟家人一起去。

一踏進闔家百貨，五金賣場特有的氣味馬上勾起了亞學的回憶。

以前，爸爸每次跟他說「走，我們去百貨公司」時，指的其實就是闔家百貨。害他跟哥哥亞孟有一段時間以為百貨公司就是那個樣子，直到有一次跟同學去市區裡的百貨公司，他才發現原來差這麼多。不過就算這樣，這間賣場留給他的回憶還是無可取代的。

對了……以前跟哥哥最常去的那個地方應該還在吧？

在採買玉蓁交代的物品之前，亞學想先去賣場裡的一個地方。他靠著以前的記憶穿梭在賣場走道上。

記得先經過零食區，然後是罐頭食品區，最後再從這個轉角繞過去就能看到了。

繞過轉角後，亞學終於看到了自己在尋找的、專門賣玩具的區域。

「果然還在這裡，好懷念呀……。」

亞學看著琳瑯滿目的玩具貨架，忍不住發出感嘆。以前他們全家來這裡，爸媽還在買其他東西的時候，他跟亞孟都會待在這裡玩耍。這裡的玩具比不上百貨公司裡的精美豪華，但是對小孩子來說，玩具的價值並不是靠外表跟價錢來決定的。

闔家百貨的玩具區有個特色，就是除了新玩具外，還有許多從客人那邊回收的二手玩具。這些舊玩具只有標價沒有包裝，拿起來就能玩了。亞學跟亞孟好幾次都在這裡玩到忘我，最後還因為在賣場裡找不到爸媽而差點哭出來；直到兄弟兩人用自己的方式記住玩具區的位置，才終於不在賣場裡迷路了。

現在站在玩具區前，亞學發現眼前的畫面跟他的回憶沒有太大差別，玩具貨架一邊是剛進貨的新玩具，另一邊則是回收的二手玩具。

亞學打量著貨架上的舊玩具，發現其中有個紙箱裝了滿滿的小玩具，有動物造型的玩偶、迴力車、陀螺，還有一些明顯是盜版的樂高人偶。亞學覺得這些玩具看起來很眼熟，一時間又想不起來在哪裡看過。重點是箱子上的標價，整箱只要一百元。

一百元的價格讓亞學心動了。明明這些玩具買回去他也不會去玩，只會變成家裡的小廢物，但人就是這樣，小時候沒辦法輕易買到手的東西，長大看到後就會想買。有沒有用不是重點，重要的是對以前的自己有個交代了。

亞學站在玩具前陷入猶豫。該買嗎？最後，他一個深呼吸拿定主意，現在還是先把玉蓁交代的東西買好再說，若抱著這一箱玩具回去店裡，一定會被大家笑。

暫時拋下對玩具的慾望後，亞學很快拿好玉蓁要的東西去櫃檯結帳。櫃檯沒人在，店員不知道跑去哪裡整理貨物了。這家店的店員從以前就很常這樣。

亞學按下桌上的服務鈴，大聲說道：「不好意思，結帳！」

希望店員有聽到……亞學剛這樣想完，眼角餘光就注意到走道上有東西在移動。

店員來了嗎？他轉頭朝走道看去，卻沒看到店員的身影，但地面上確實有東西在動。

隨著視線往下移動，他的手突然不自覺地鬆開來。手中的鈔票掉在桌上，亞學卻完全沒發現，因為此時的他正在努力理解，他到底看到了什麼？

地板上有許多玩具，迴力車、樂高人偶、各式各樣的動物，都是剛才在那紙箱裡的玩具。

而現在，這些玩具正排成一列，像是擁有自己的生命般，移動著各自的塑膠身軀，沿著走道朝亞學走來。

玩具為什麼會動？亞學很快就放棄思考這個問題了，因為根本沒有思考的必要，玩具不可能自己動起來。

既然這樣，現在的畫面又該如何解釋？

亞學看著眼前離奇的一幕，甚至忘了眨眼，直到他聽到店員的聲音。

「先生，你要結帳嗎？」

亞學轉頭一看，發現店員不知道什麼時候回到櫃檯，正在準備幫他結帳。

「啊……我……。」亞學還沒從呆滯中恢復過來，他再看向那條走道時，在地板上排隊前進的玩具已經全都不見了。

「請問……你有看到剛才在那邊的玩具嗎？」亞學問店員。店員則是一臉莫名其妙的表情。

「什麼玩具？」

店員看不到剛才那些玩具，他卻看到了，這代表那些玩具是……。

「等我一下，我馬上回來！」

亞學把東西都留在櫃檯桌上，拔腿朝賣場內跑去，經過零食區跟罐頭區，繞過轉角回到了玩具區。

那箱玩具仍放在貨架上，沒有移動過的痕跡，但亞學知道它們剛才真的動了；只是不是物理上，而是另一種層面上的移動，所以只有他能看到。

「你們為什麼要來找我？」亞學蹲下來，從箱子裡拿起一個三角龍造型的玩具，喃喃自語問道：「你們有話想跟我說嗎？」

玩具不會說話。這點亞學當然知道，但他仍希望可以得到某種回應。

把三角龍玩具翻到另一面後，亞學看到了那個回應。三角龍的腹部貼著一張卡通姓名貼，上面印著「沅琪」兩個字。

亞學又把好幾個玩具從箱子裡拿出來檢查，發現上面都貼著同樣的姓名貼。看來玩具們的前主人就叫做「沅琪」。

看到這些貼紙以後，亞學腦袋就像被一道閃電劈過。他知道玩具想跟他說什麼了，因為他不久前才看過這個名字。

❀

亞學一回到店裡，在櫃檯對帳的玉蓁、在用餐區掃地的呂媛，以及在廚房清理煎台的廷揚全都看傻了眼。因為亞學提回來的不只清潔用具，懷裡還抱著一箱玩具。

亞學把那箱玩具放到餐桌上，其他人紛紛圍過來。廷揚首先發問：「小子，這箱玩具是怎麼回事？」

「這是我剛剛在闔家百貨買的。」

「我看得出來。我是問你，你沒事買一箱玩具回店裡幹嘛？」

「廷揚哥，這些可不是普通的玩具喔。」亞學看向玉蓁，說：「玉蓁姐，妳還記得這些玩具吧？」

「嗯……這些是……？」玉蓁站在後面離玩具最遠的位置，不過亞學相信玉蓁的記憶力，她一定認出來了。

果然，玉蓁很快回答道：「我記得這些玩具，店裡以前進貨過。」

「我們店以前有賣玩具？」廷揚皺著眉頭，似乎無法理解。

「不是的，這些玩具是贈品，跟保久乳包裝在一起來賣。」玉蓁說：「保久乳的口味小孩子都很喜歡，價格便宜又有送玩具，所以當時賣得很好，我也進了很多。只不過那些玩具後來傳出有塑化劑的問題，我就沒有再進貨了。」

「這樣一說我也想起來了，以前很多早餐店確實都有賣這種牛奶玩具。」呂媛也說：「我兒子小時候也很愛喝，不過那些玩具總是玩一下就壞了。」

玉蓁從箱子裡拿出一個人偶在手上把玩，一邊說：「牛奶跟玩具一起賣，價格還能這麼便宜，玩具品質當然好不到哪裡。但這箱子裡的玩具都保存得很好，代表之前的主人一定很愛惜他們。」

是時候了，亞學決定進入正題。「玉蓁姐，妳看一下人偶背面。」

玉蓁把人偶翻面，印著「沅琪」的貼紙就貼在人偶背上。

「這名字是……！」不只玉蓁，連呂媛跟廷揚也發出驚訝的呼聲。

因為這個名字他們早上才看過，而名字的主人，現在就在外面的海報上。

❀

「李沅琪。女性，失蹤年齡八歲，現年十八歲，二〇一四年六月二十七日失蹤。特徵：大眼睛，右臉頰上有一顆痣。」

協尋海報上，沅琪的照片就印在文字旁邊。照片中的沅琪穿著粉紅色洋裝，長著一張小圓臉，臉上那顆小小的痣在照片上清晰可見，在她燦爛純真的笑臉上顯得特別可愛。

早餐店的四人一起站在海報前，看著沅琪在海報上的笑臉。她的失蹤時間就在思穎的隔年，一想到這女孩已經失蹤十年了，每個人的心裡都不好受。

亞學把那箱玩具從店裡抱出來放在海報前，說：「我覺得這些玩具的主人，就是這個妹妹。」

「真的嗎？」廷揚冷哼一聲，似乎不相信世界上有這麼巧的事。「她的名字很常見，該不會是同名同姓而已吧？」

「不，我相信就是她。」亞學向玉蓁尋求認可，問道：「玉蓁姐，妳一定還記得的，對不對？」

玉蓁對沅琪的照片持續看了半晌，最後終於點了點頭。

果然沒錯。亞學慶幸自己的直覺是對的，玉蓁一開始看海報的眼神會這麼奇怪，是因為她一眼就從海報上認出沅琪了。

「沒錯，我還記得她……。」玉蓁的眼神仍停留在海報上，說：「我看到照片的時候就想起來了。當時他們家還住在懷恩社區，那個時候，都是家人帶她一起下來買早餐，通常是一個果醬三明治，還有一瓶玩具牛奶。他們不再來店裡之後，我以為他們跟多數客人一樣，只是搬家而已，沒想到那個妹妹竟然失蹤了。」

「可是，她的玩具為什麼會在賣場裡？」呂媛問。

亞學指著箱子上的標價貼紙，說：「上面的標價時間是一個月前……我想在這十年的時間裡，她的家人一定還抱著希望，相信她會回家。就算她還活著的話也已經十八歲了，他們仍一直留著她的玩具；但這麼久的時間，他們一定也累了，這箱玩具對他們來說不只是思念，更多的是折磨。直到最近他們才看開，決定放手，把玩具回收給賣場。」

「好吧，假設這些玩具的主人就是這位失蹤的沅琪妹妹好了，那你把她的玩具買回來幹嘛？」廷揚雙手抱胸站在一邊。他的語氣聽起來像在找亞學麻煩，實際上剛好問到核心。

「我不知道怎樣才能解釋清楚，但我在賣場要結帳的時候，我看到了這些玩具的靈魂……它們想要跟我回來，有話想跟我說。」

「玩具有話要跟你說？哈哈！」廷揚發出挖苦的乾笑，說：「你說你能看到鬼魂，我姑且相信了，但它們是玩具，沒有靈魂的耶！」

「廷揚哥，你這樣說就錯了。我相信一個物品只要被人長期使用、珍惜愛護，主人的靈魂有一部分就會殘留在物品上面。慢慢地，它也會有靈魂。特別是玩具這種東西，主人會給它們不同的角色，把它們當成真正的朋友……。」

亞學決定換個說法，說：「就跟廷揚哥你的煎鏟一樣。你每天都在廚房裡用它做出各種餐點，今天要是突然換一支新的煎鏟給你，你一定會不習慣吧？因為那支煎鏟是你的搭檔，上面有你的靈魂，在長期使用的過程中，你們的靈魂已經契合在一起了。」

亞學這樣一說，廷揚露出恍然大悟的表情，接連點了好幾下頭，像是在說「好像真的是這樣」。

雖然廷揚長得很凶，看起來總是在刁難亞學，不過一起在廚房工作這麼久了，亞學知道他並不是無理取鬧的流氓，而是有問題就會問、有錯誤就糾正，直話直說的漢子。

看到廷揚接受亞學的說法，玉蓁鬆了一口氣，接著問：「那你覺得，這些玩具想跟你說什麼？」

「這個，我現在還不知道……。」

亞學沮喪地低下頭，看著地上的那箱玩具。

要是他不只能看到，還能聽到的話，就能知道玩具到底想說什麼了。

❀

大家討論過後，最後決定由亞學把那箱玩具帶回家，因為早餐店的倉庫已經沒有空間放雜物了，加上亞學本來就打算把它們帶回家了。這些玩具擁有自己的靈魂，不該把它們丟在倉庫裡。

「到囉，這裡就是你們的新家！」

亞學先把玩具箱放在電視櫃旁邊，櫃子上還有空位。亞學打算先洗澡，再把這些玩具從箱子裡拿出來，一個一個擦拭過後擺進櫃子，讓它們有一個專屬的空間。

只是亞學剛洗好澡走出浴室，眼前看到的畫面讓他嚇了一跳，腦袋一空，完全忘了等一下的計畫。

在他眼前，思穎毫無預警地出現在客廳裡，整個身體再次被白袍包裹住。讓亞學嚇到的並不是思穎本身。知道思穎過去的故事後，他已經不怕思穎了。他嚇到的是，思穎為什麼現在會突然出現？

只見思穎蹲在玩具箱前，臉上的血淚緩緩滴落在玩具上，亞學這才反應過來。玩具，就是思穎這次出現的誘因。

這些玩具都來自玉蓁的早餐店，可能有些還是思穎親手擺在櫃檯上的。

而現在，玩具跟思穎，兩種不同的靈魂正在互相溝通。

很快，思穎站起來，用泛出鮮血的雙眼盯著亞學。這次她的眼神沒有痛苦的執念，而是帶著盼望，像是希望亞學能知道她想做什麼。

亞學很快就讀懂了思穎的意思。玩具有話想說，亞學聽不到，但思穎聽得到，而且能幫忙把訊息傳達給他。

亞學馬上把菜單跟十元硬幣拿出來放到桌上，等待思穎的訊息。

「好，開始吧。」亞學把手指壓在硬幣上，說：「它們跟妳說了什麼？」

硬幣開始移動。

先是「九層塔蔥抓餅」的「塔」。

「檸檬雞柳條」的「檬」。

「柳橙汁」的「汁」。

「刀削麵」的「刀」。

「餐店現煮現作」的「煮」。

「薏仁漿」的「仁」。

最後是注意事項，「為節省等候時間，請善用線上點餐，再至現場拿取餐點」的「再」跟「拿」。

連起來一起唸的話，就是……？

「它們知道主人在哪？」亞學問，這就是玩具們想跟他說的話嗎？

硬幣再次移動，傳達出另一句訊息。

「三明治」的「治」。

「沙茶鍋燒麵」的「沙」。

「至現場拿取餐點」的「現場」。

亞學慢慢把訊息讀出來，頓時不寒而慄。

「自、殺、現場……這是什麼意思，它們的主人自殺了嗎？能請它們說清楚一點嗎？」

亞學焦急地抬頭看向思穎，希望能快點得到答案，硬幣卻停在原地一動也不動。不管亞學再怎麼問，思穎只是低頭站著，沒有要再移動硬幣的意思。

難道玩具跟思穎說的就只有這些嗎？自殺現場……一想到這四個字，亞學心裡不祥的預感就越來越強烈。

眼看思穎沒有反應，他也不想放過這次機會，便追問：「那妳呢？我跟玉蓁姐又該怎麼找到妳？」

硬幣開始在價目之間移動，排出一連串數字。

0、9、8、8、1、2、2……是那支已經變空號的手機號碼。硬幣接著移動到「雞胸」的「胸」跟「手工抓餅」的「手」，再一次把「凶手」的訊息傳達給亞學。

亞學這時明白了，不是思穎不想給他更多線索，而是她跟玩具們一樣，在現在的情況下，她能給亞學的就只有這些。

找到這支號碼的主人，就能找到凶手，然後就能找到她。

✽

「玉蓁姐！」

看到亞學下班後又跑回來，還在店裡點貨的玉蓁知道一定又有事發生了。

「玉蓁姐……剛才……那個……！」亞學靠在櫃檯上喘氣，他為了把這件事告訴玉蓁，直接一口氣從樓上衝下來了。

「你先喘口氣休息一下，要不要倒水給你？」

「不用……玉蓁姐……我要跟妳說……思穎她出現了……！」

本來還能保持冷靜的玉蓁，這時也忍不住著急起來。「你看到她了？她這次說了什麼？」

「是……是關於沅琪的事情……。」

亞學把剛才發生的事告訴玉蓁。要是他的理解正確，思穎是在幫玩具轉達訊息，玩具們知道沅琪在哪裡。不過「自殺現場」是什麼意思，他就不懂了。

「總之，思穎好像希望我們能幫玩具們找到沅琪……。」全部說完後，亞學終於受不了，自己跑去倒了一杯水來喝。

「思穎……她想幫那些玩具？」玉蓁則像是想到了什麼，走到貼滿海報的牆壁前面，伸手在牆壁上摸索著。

「玉蓁姐，妳在找什麼？」亞學好奇地問。

「等一下，我快找到了，記得就在這裡……。」

玉蓁把一張海報撕下來，露出藏在後面的相片牆。

看到海報正後方的照片，亞學馬上就明白了。因為那張照片中，其中一個是穿著圍裙的思穎，另一個人正是拿著玩具牛奶的沅琪。

沅琪在照片中舉起牛奶笑得很開心，思穎則是半蹲笑著一起合照。

玉蓁輕輕地觸摸著那張照片，說：「有一次，沅琪跟家人來買早餐，可是櫃檯上的牛奶賣完了。我請思穎去倉庫拿一瓶給她，順便拍下這張照片。沒想到她們兩個竟然會相繼失蹤……思穎一定還記得沅琪，才會希望你幫忙。」

「我也想幫忙，但是我有很不妙的預感。」亞學說：「那些玩具最後說的『自殺現場』讓我很不安。沅琪失蹤時才八歲，應該不可能自殺吧？」

「說到這個，有件事我一直覺得很奇怪。」玉蓁帶亞學來到店門口，重新看著協尋海報，說：「你仔細看，有沒有發現沅琪的協尋事項跟其他人的不太一樣？」

跟海報上的其他人比較後，亞學很快就找到差異了。其他小孩在海報上都有標註失蹤地點跟過程，只有沅琪沒有。難道沅琪的家人不知道她是在哪裡失蹤的嗎？

「要找到沅琪，我們要先知道她是怎麼失蹤的。」

玉蓁看著海報上的諮詢專線，說：「我會打給兒福聯盟，看能不能聯絡到沅琪的家人，請他們來店裡坐一下。」

❀

玉蓁的動作很快，只隔了一天，她就在打烊時把大家集合起來，說沅琪的媽媽等一下就會來店裡了。

「這麼快？」亞學對玉蓁的效率感到驚訝。

「我請兒福聯盟的人幫我轉達，說是玉蓁早餐店的老闆有話跟她說，她很快就答應了。」玉蓁說：「我想跟她問清楚沅琪到底是怎麼失蹤的，或許我能幫上忙。還有亞學的能力也是一定要的，至於你們……。」

玉蓁用眼神徵詢呂媛跟廷揚的意見，兩人都二話不說答應留下來。呂媛說她也想盡一份力，讓沅琪早點回家；廷揚則是單純挺玉蓁，有什麼事情要他幫忙，儘管說就是了。

到了約好的時間，沅琪媽媽準時來到店裡。一看到她出現，亞學腦中直覺浮現出「營養不良」四個字。因為她的身材異常纖細，讓她整個人看起來就像衣服被套在竹竿上，感覺隨便一陣風就能把她吹走。更奇怪的是今天天氣明明不冷，她卻在脖子上圍了一條圍巾。

玉蓁已經幫她準備好位子，咖啡也泡好了，可看到她的身材後，玉蓁還是忍不住轉頭跟廷揚交代，讓他去廚房做一盤總匯三明治來招待客人。

「不用麻煩，我已經吃飽了。」沅琪媽媽把脖子上的圍巾又繞得更緊一點，然後坐了下來。「老闆，好久不見了。」

「是啊，真的好久了。」

玉蓁遞上咖啡後，很快就跟沅琪媽媽聊了起來。沅琪媽媽名叫依靖，沅琪失蹤後沒多久，她就從懷恩社區搬走了。

「兒福聯盟的人跟我說是妳要找我的時候，我真的很意外。」依靖說：「沅琪不見的時候，我們家陷入一片混亂，搬走的時候也沒時間跟大家說，真的很抱歉。」

「沒關係。發生了這樣的事情，大家都不樂見，但重要的是我們現在能夠做什麼。」

玉蓁朝亞學使了個眼色，亞學接收到後，便到櫃檯後面把那箱玩具搬出來放到桌上。

玩具搬出來的同時，依靖的眼神明顯出現變化，流露出隱藏許久的哀傷。

「這是我們在闔家百貨買的。箱子裡的這些玩具，都是沅琪的吧？」

「對……沒錯……。」依靖的聲音顫抖著。「我沒想到會再看到它們，我本來已經……想要放棄了……。」

淚水開始在依靖的眼眶裡打轉。玉蓁在桌上輕輕握住依靖的手，這一握讓依靖的淚水開始無法抑制地落下，心裡的傷痛也化為言語傾洩而出。

「它們不只是玩具，而是沅琪最喜歡的同伴……我本來……我一直把玩具留著等她回來的……。」

這樣的話，為什麼他們還會出現在闔家百貨呢？亞學正覺得奇怪，依靖就說出了解答。

「謝謝你們幫我把他們找回來。這十年來，我沒有睡過一頓好覺，也沒有好好吃過一頓飯。家人們都在勸我放手，忘掉沅琪，繼續自己的人生，但我就是不想放棄，沒想到他們竟然偷偷把沅琪的玩具拿去回收。結果繞了一圈，它們竟然回來了……。」

玉蓁默默握著依靖的手，呂媛也拿了一包衛生紙來讓依靖擦眼淚。等依靖情緒慢慢平復下來後，玉蓁才說：「妳說得沒錯，現在還不是放棄的時候，我們可以一起幫妳找到沅琪。」

「可是……警察已經找了很久都沒有消息，而且妳這裡不是偵探社，而是早餐店，不是嗎？」

「信不信由妳，我們早餐店的能力可不輸給專業偵探。如果妳願意相信我們的話，可以告訴我們，沅琪是怎麼失蹤的嗎？」

依靖抬起頭來，把最後一抹眼淚擦乾。她先是看著玉蓁，然後依序看向亞學、廷揚跟呂媛。四張截然不同的臉孔，眼神中的目的卻是一樣的。

「好吧！」依靖終於點頭，決定相信早餐店的力量。「聽說早餐店老闆的記憶力都很好，說不定妳知道之後，能想到什麼呢……。」

✽

沅琪跟海報上的其他小孩不一樣，她不是無緣無故失蹤，也不是被陌生人誘拐，而是被依靖的先生帶走的。

依靖跟先生志遠是同一間保險公司的員工，志遠是業務，依靖則是內勤，兩人因為工作而認識、交往、結婚，並生下了沅琪。

志遠在單位的業績表現很優秀，每次月會都能站上台接受表揚，競賽也都能過關；公司的出國獎勵旅遊，他們一家從不缺席。

兩人結婚後不久，志遠就買了進口車，讓客戶一眼就看得出來他是成功的業務，讓他服務絕對有保障。

家裡的其他花費，志遠也絕不手軟。每次出國依靖想要買什麼，他總是馬上點頭答應；沅琪出生後，所有東西也都是買最好的。

不過沅琪很懂事，她不像其他小孩一樣吵著要買百貨公司的昂貴玩具，玉蓁早餐店的牛奶玩具就能滿足她了。

那些跟保久乳包裝在一起的便宜玩具，其他小孩總是玩沒多久就壞掉了；沅琪卻很珍惜它們，總是把它們收在紙箱裡，每天睡覺前都會像點名一樣，看每個玩具是不是都回到箱子裡了。

跟玩具一起玩的時候，沅琪會先把玩具們從箱子裡倒出來，然後把空箱子當成舞台，賦予每個玩具不同的名字跟身分，再幫玩具們配上台詞。這個時候，沅琪彷彿變成了導演，玩具則是演員，一起在箱子裡進行一場只屬於她的表演，而且每次的劇本都不一樣。

這孩子長大後可能會成為導演或藝術家吧！依靖當時這麼期待著，只可惜這個家後來發生的事，讓這份盼望永遠落空了。

那是在禮拜五傍晚，依靖準備下班時發生的事情。她當時的心情很好，一邊哼歌一邊收拾東西，因為志遠答應過她，明天不跑客戶，要帶她跟沅琪一起去海邊逛逛。

這時，旁邊一個還在工作的同事突然叫她。「依靖，妳過來看一下，這些保單的業務員是妳先生嗎？」

依靖湊到同事的電腦前一看，發現螢幕上列出許多即將停效的保單，招攬業務員都是志遠。

「這麼多保單同時停效，妳要不要叫他跟客戶確認一下？不然這樣傷害到的是客戶的權益喔！」

「好，可能是客戶沒收到通知，我回家後請他聯絡一下。」

這時的依靖還沒想太多。

回家之後，客廳裡只有在玩玩具的沅琪，沒看到志遠。

「小琪，爸爸呢？」

「爸爸載我回來以後就跑去房間裡了。」沅琪朝臥室指了一下，然後繼續幫玩具們配台詞。

依靖打開臥室的門，一看到志遠在臥室裡的樣子，她就知道出事了。

之前很少喝酒的志遠，現在竟然趴在書桌上動也不動，桌上還倒著幾罐已經喝光的啤酒。

「你在幹嘛？小琪還在家裡耶！」

依靖趕緊把志遠扶起來。還好他身上的酒味不是很重，看來只是睡著了，並沒有喝醉。

志遠一睜開眼看到依靖，伸手緊抓住她的衣服，開始哭著跟依靖道歉。

「對不起……我……我對不起妳跟小琪……。」

依靖心裡有了不好的預感，而且是再也回不去的，即將被拖入深淵的那種預感。

拿來濕毛巾讓志遠把臉擦乾淨後，志遠老實跟依靖說出一切。最近他招攬的保單會有這麼多停效，並不是客戶沒收到通知，而是因為他拿不出錢了。

「繳保費的是客戶，跟你有什麼關係？」儘管已經猜到發生什麼事了，依靖還是想要聽到志遠親口說清楚。

原來，在前幾次的競賽獎勵中，有好幾筆保單根本不是志遠親自招攬來的，而是他找人當人頭、自己出錢繳保費，業績才能達標；反正之後只要再成交新客戶，用佣金把洞補起來就好了。

但最近這段時間，不管他怎麼努力拜訪就是無法跟新客戶成交，之前的舊客戶也不買單。他顧及自己在公司裡的面子，只能用同樣的手法來買假業績，最後甚至借錢來填補保費。直到最近資金見底，債務已經補不上保費，才會有那麼多的停效通知。

「你到底在外面借了多少？」

聽到志遠說出的數字後，依靖感覺心臟都要停了。他借了這麼多錢，就只是為了滿足表面上的業績排名？

依靖氣到全身發抖，「離婚」兩個字差點就脫口而出，但這個家已經不是只有他們兩個了。為了女兒，依靖努力控制住情緒，雙手按在志遠的肩膀上，說：「沒關係……沒關係的……。」

志遠抬起頭來，因為依靖沒有生氣而一臉詫異。

「沒事的，我們全家一起撐過去就好了，錢能解決的都是小事。」依靖在臉上擠出微笑，說：「明天是星期六，我們答應過小琪要一起去海邊的，其他事情之後再說，好嗎？」

聽到依靖這樣說，志遠彷彿也接收到了力量。他用毛巾在臉上用力一抹，擦乾眼淚，用力點了點頭。

隔天，星期六早上，依靖一大早就把沅琪叫起床，準備好要出門的東西。衣服、路上要吃的餐點都準備完成後，依靖回到臥室，說：「小琪她在客廳等了，你好了嗎？」

志遠站在鏡子前剛穿好衣服，說：「嗯，差不多了。」

「換你去客廳陪一下小琪，我補個妝就可以出發了。」

「沒關係，不用急，今天一整天都是屬於我們家的。」志遠微微一笑，側身把鏡子前的位置讓給了依靖。

看到志遠的笑容，依靖也放心了。看來志遠有把她的話聽進去，不要去想那件事，全家人先度過一個愉快的週末再說吧！

依靖剛在鏡子前面坐下來，正要開始補妝時，志遠又輕輕說了一句話。

「依靖，對不起。」

依靖感覺有某種物體纏上自己的脖子，那物體迅速在她的脖子上繞成一圈，縮小，然後被用力扯緊。

鏡子裡，志遠正用領帶從後面緊緊勒住她的脖子。透過鏡子的反射，兩人的眼神交會在一起，志遠的雙眼滿是無法掩飾的悲傷和內疚，眼淚更是不受控制地滴落在領帶上。

依靖想用手把領帶拉開，但領帶越收越緊，不只雙手使不上力，她的喉嚨也被擠壓得無法發出聲音。

「對不起……對不起……不用擔心小琪，我很快會帶她去找妳……我們全家會繼續在一起……。」

進入依靖大腦的氧氣越來越少，志遠道歉的低語聲變得越來越遠，眼前的畫面也逐漸失去色彩。等簾幕完全被拉下，什麼都看不到之後，依靖身體歪斜地從椅子滑落到地上，再也沒了動靜。

「依靖⋯⋯。」

志遠把手從領帶上鬆開。像是為了確認依靖是不是還活著，他輕輕推了一下依靖的身體，再把手指伸到依靖的鼻子前面試探。

可能是以為依靖已經死了吧，志遠發出沉悶的哭泣聲。應該是不想被外面的沅琪發現，他用手摀住臉在哭。

這時，假如他再檢查得詳細一點，就會發現依靖其實還活著。

依靖的呼吸很微弱，連她自己都感覺不到自己還活著，但她的意識確實還存在。雖然無力睜開眼睛，但她還能用耳朵聽到周圍發生的事情。

依靖聽到志遠從地上站起來的聲音。他深呼吸調整情緒、抽衛生紙擦乾眼淚，然後走出臥室，關上了門。

「小琪，媽媽今天身體不舒服，今天就爸爸帶妳去海邊玩，好不好？」

志遠含糊不清的聲音從門後傳來，沅琪也說話了，好像在問依靖是哪裡不舒服。

「媽媽發燒了。我們不要打擾她，讓媽媽好好睡覺。我們把妳的玩具都帶過去，讓它們也一起到海邊玩，好不好？」

不行……不能去……！

依靖想要出聲阻止，但領帶仍纏繞在她的脖子上，擠壓著氣管跟聲道，就算努力張開嘴巴，也只能發出細微的氣音。

不能讓沅琪跟志遠走，不然的話……沅琪會……！

「我們回來的時候再幫媽媽買一些好吃的吧，媽媽一定會很開心的！」

「好！那我們買媽媽最喜歡吃的壽司！」

是大門打開的聲音，志遠把沅琪帶走了。

不行……沅琪，不可以去！

那個男人已經不是爸爸了，而是魔鬼，妳不能跟他走！

喀嚓，大門關上的聲音。

依靖在心裡持續發出痛苦的嚎叫，卻只有她能聽到。

❀

「這就是當時的痕跡。」

依靖拉下圍巾，可以看到她脖子上仍殘留著怵目驚心的勒痕，一看到那痕跡，亞學心臟劇烈一跳，忍不住摸了一下自己的脖子。

「等我恢復力氣，終於能拿手機報警的時候，已經來不及了……。」依靖把圍巾拉回去蓋住脖子，繼續說：「警察後來在沿海路邊找到車子，車上只剩下沅琪的沅具。警察在不遠的堤防那裡找到志遠的屍體，推測他是先跳進海裡溺死，然後才被堤防卡住的。」

「那，沅琪妹妹她……。」

「警察說，志遠可能先把車子停在路邊，用看海當藉口帶著沅琪到岸邊，再抱著她一起跳進海裡……只是海水把兩人沖散了，志遠卡在了堤防，而沅琪則是……。」

說到這裡，像是要否定自己剛才說的一切，依靖用力搖了一下頭，說：「但我不相信警察。既然沒有找到屍體，那就還有希望。沅琪可能只是被海水沖到其他地方，平安上岸了，等著我們去找她而已……。」

依靖用尋求認可的眼神看著早餐店的其他人。她想要大家跟她說她是對的，沅琪一定還在某個地方活著，等媽媽接她回家。

玉蓁跟亞學很快交換了眼神。

聽完沅琪的失蹤過程後，兩人都想到了一件事——那就是玩具們透過思穎轉達的訊息，指的一定就是志遠跳海自殺的地方。

「妳是對的，沅琪一定在某個地方等妳去接她。」玉蓁說道。亞學跟其他人也點頭同意，表示自己站在依靖這邊。

「在這之前，可以請問一下，警察是在哪裡發現妳先生的車子的嗎？」

「港口旁有一個海水浴場，就在那附近。但警察已經在那裡找過很多次了，都沒有線索。」

「這次不一樣，因為我們有目擊證人。」亞學說。

「目擊證人，有嗎？是誰？」依靖睜大雙眼。這個新情報讓她的眼神重新燃起希望。

亞學指向玩具們，說：「就是它們。它們當時在車上，一定有看到沅琪去了哪裡。」

「玩具？」依靖眼中好不容易燃起的希望又變得黯淡。「它們當時確實在車上，可是它們沒有靈魂，不會說話啊。」

「不是這樣的，一個東西只要有人在乎，它就會有靈魂，也會說話，只是我們要找到對的方式去聽。」

玉蓁又一次握住了依靖的手。「這些玩具一定能幫我們找到沅琪，因為它們是她最好的朋友，不是嗎？」

依靖臉上仍保持著些許困惑。她不知道這間早餐店，還有這些玩具要怎麼幫她找到沅琪。

不過亞學知道，只要眼前還有一線希望，依靖就絕對不會放棄。

❀

玉蓁跟依靖約好，週末星期六一起去志遠自殺的地方看看。玉蓁會讓早餐店公休一天，呂媛、廷揚也都會一起去。

出發當天，大家約好先在早餐店集合，等依靖開車過來後再一起出發。

因為公休的關係，店裡的煎台跟機器都沒開。呂媛抓住這次機會，在家裡幫大家做了早餐。

「來，平常都是廷揚在做餐，現在換大家來嚐嚐看我的手藝了。」

呂媛做了歐姆蛋豬排吐司，這是早餐店裡沒有的餐點。亞學吃了一口後便深深著迷。「好好吃！呂媛姐，妳以後在店裡也可以常常做給我們吃嗎？」

「那就要看廷揚願不願意把煎台讓給我囉。」呂媛開玩笑地說。

主廚地位受到威脅的廷揚哼了一口氣。不過他從咬下第一口後就沒停下來，看來他也吃得很開心。

「玉蓁姐，妳也快點來吃吃看！」

亞學轉頭尋找玉蓁，卻發現她正把沅琪的玩具輪流從箱子裡拿出來，看一下後又放回去，嘴上還喃喃自語。「這個不是……這個也不是……。」

「玉蓁姐，妳在做什麼？」亞學問。

「不太對，好像有少。」

「什麼意思？是玩具有少嗎？」

「我也不確定……。」玉蓁把所有玩具都放回箱子裡，說：「這幾天，我一直在想沅琪的事情，有些記憶開始變得很清楚。我開始想起她當時的每個笑臉，還有她買過的每個玩具……但是這裡面好像少了什麼，有個東西我一直找不到。」

早餐店老闆的記憶力很可怕，這點亞學已經親身領教過了。不過以前牛奶送的玩具有百百款，除了沅琪之外，還有其他小孩也會買，玉蓁真的能全部記住嗎？

這時，亞學的手機發出訊息通知聲，是哥哥亞孟傳來的。

一段時間沒跟家裡聯絡了，亞孟應該是傳訊息來關心他吧？亞學沒有多想，直接點開了訊息。

訊息剛跳出來，亞孟傳來的訊息就像爆炸的手榴彈，字句化成破片從螢幕中飛出，直接刺進亞學的眼睛裡。

「亞學，你現在趕快去躲起來！媽今天說要回懷恩社區看你有沒有躲在那裡。剛經過早餐店門口，媽就看到你了，她現在在停車，等一下就過去了！」

亞孟的訊息句句震撼，亞學腦袋頓時一片空白，幾秒後，他才發出「啊」一聲慘叫，拔腿衝刺朝廁所跑去。

呂媛看到亞學跑這麼快，還以為他拉肚子，急忙問：「亞學怎麼了？是我的早餐不新鮮嗎？」
「不是！呂媛姐的早餐沒問題，是我媽要來了！」
亞學話音剛落，他已經把自己關進廁所，把門反鎖起來了。
「他媽要來了？」
玉蓁、呂媛跟廷揚面面相覷，三人都懷疑自己是不是聽錯了。不過亞學說的是什麼意思，他們很快就會知道了。

⁂

把自己關進廁所後，就算看不到外面，亞學也能感受到那股逐漸逼近的壓迫感。
來了，要來了……！
廁所外傳來一陣騷動，接著就是一陣狂暴的敲門聲，其力道之大讓整間廁所都在晃動。
「賴亞學，我知道你在裡面！我看到你了，出來！」亞學母親的怒吼在門外爆發，其震撼度更是不輸國家警報級的地震，若是不知情的人，可能會以為她在找出軌的丈夫吧？

第一個跟亞學母親對抗的是廷揚。他開啟了流氓專屬的吵架模式，叫道：「喂！妳不識字是不是？沒看到外面貼今日公休嗎？」

「我找我兒子，關你什麼事？」亞學母親的聲音比廷揚還大。「不要以為有刺青我就怕你，裝樣子誰不會啊？賴亞學，快出來！」

「我現在是跟妳講道理！妳要找兒子也不能就這樣亂闖進來！」聽得出來廷揚正在壓抑自己不罵髒話，不過這樣一來，他的氣勢瞬間就被輾壓過去了。

亞學母親一邊跟廷揚鬥嘴，手上敲門的動作一刻也沒停下。

看著搖搖欲墜的門，亞學開始擔心門真的會被她敲破了。

接著是玉蓁的聲音。她擋在兩人中間，試著調解氣氛。「素芬姐，我們有十年沒見了吧？妳先冷靜一下好不好？」

「叫亞學出來再說！」亞學母親大喊。

「我不知道妳跟妳兒子有什麼問題，但這裡是私人店家，不是妳可以隨便跑進來鬧的！」廷揚也不服輸，繼續吵。

廁所外面變成了戰場，有母親跟廷揚吵架的聲音，也有玉蓁跟呂媛的勸架聲；亞學聽到亞孟也加入了勸架的行列，但顯然沒什麼用。不過，廷揚這時站在自己這邊，亞學倒是滿意外的。

「夠了，我要出來了！」亞學大叫一聲，門外馬上就安靜下來了。

亞學轉開被敲鬆的喇叭鎖，打開門慢慢走了出來。

早餐店裡，廷揚跟亞學母親看起來幾乎快打起來了。玉蓁跟呂媛正一起努力拉住廷揚，亞孟則是一臉害怕地站在母親旁邊。

亞學的母親素芬比玉蓁還大十歲，今年五十五歲，但她喉嚨喊出來的聲音卻比在櫃檯工作時的玉蓁還要宏亮，不光是整間店，可能連對面頂樓的人都能聽到她的聲音。

每次看到母親時，她全身由上到下散發的女強人氣勢總是讓亞學不習慣。母親不知道施了什麼魔法，不管是誰站在她旁邊，看起來都會變得好小。亞孟現在就是這樣，一百七十五公分的亞孟站在母親身邊，看起來反而像個等待差遣的居家小精靈。

亞學一走出來，所有人的視線都放在他身上。他看著母親，緊張地吞下一口唾液，說：「媽，我在玉蓁姐這裡過得很好，不管妳要帶我去哪間宮廟，或是要去拜哪個老師，我都不會再去了。」

亞學這句話的用意不只是表明自己的立場，同時也是在跟玉蓁他們解釋自己跟母親之間的問題。

素芬顧慮地看著玉蓁跟其他人。亞學又說：「玉蓁姐他們都知道我的事情，但他們沒有把我當成病人，更沒有把我當成怪物。」

或許是親眼看到亞學後終於覺得放心了，素芬嘆出一口氣，放軟了姿態說：「我氣的是你完全不說一聲就這樣搞失蹤，你知道家裡有多擔心你嗎？為什麼不跟我報個平安，說你回來懷恩社區了？」

那還用說，要是跟妳說了，妳一定會跑過來抓人呀！亞學心裡這麼想著，但沒說出來。

「好啦，素芬姐，亞學現在在我這裡上班，他很認真也很努力，妳不用擔心他的。」玉蓁跳出來說：「我知道我沒有資格管妳家裡的事，但妳可以聽我說一句話嗎？」

「好，妳說。」

「我覺得亞學的能力不是一種病，而是恩賜，是可以幫助其他人的。」

「胡說八道，他看到的那些髒東西遲早會害死他。」

「才不是這樣！」亞學忍不住回嘴道：「妳會這樣說是因為妳看不到它們，它們根本不會害人！」

「你又知道了？你根本不知道那些髒東西想要做什麼！」

「它們才不是髒東西，至少比妳乾淨多了！」

「你說什麼？這樣跟你媽說話的嗎？」

眼看母子間的戰火就要重新燃起，亞孟怕母親又要跟全店的人吵起來，於是趕緊按住母親的肩膀，說：「好了啦，媽，至少我們找到亞學了，知道他在這裡工作，生活過得很好，這樣不是也不錯嗎？我們先回家了，好不好？」

素芬巴不得現在就把亞學帶回去，但現在對方人多勢眾，留下來吵架也沒有意義。

「回去吧！不管這個兒子了！」

素芬狠狠丟下這句話後就往門口走去。亞孟則是朝亞學眨了一下眼睛，小聲留下一句「再聯絡」後，就跟在素芬後面一起出去了。

亞孟跟素芬剛走出去，依靖就來了。她似乎聞到了空氣中的火藥味，問道：「那兩位是誰？怎麼感覺你們剛剛在吵架？」

「沒事，我們出發吧。」玉蓁說，一邊拍了拍亞學的肩膀，說：「別想太多，大家都在你身邊。」

呂媛跟廷揚從亞學身邊經過時，也各自在亞學背上拍了一下，代表他們都認同亞學的想法。

鬼魂不是什麼髒東西，亞學看到的那些鬼魂，從來沒有想害過亞學。

來這裡上班第一天看到的奶茶，牠只是在等主人來接牠。

去世後的鄧爺爺會跟著鄧奶奶，是希望鄧奶奶能放下他的死。

暐婷會出現在房子裡，是想履行以前的約定，彈鋼琴給亞學聽。

玩具們會在闔家百貨挑上亞學，是因為它們知道，這個人能幫它們回到主人身邊。

還有思穎，她的出現是出於對玉蓁的愧疚，以及對早餐店的掛念。

它們不會害人，只是想彌補生前的遺憾。

✾

過去海邊的路上，依靖自己開一台車在前面帶路，亞學跟其他人則是坐廷揚的車跟在後面。

廷揚開的是一台小型休旅車，車上收拾得很乾淨，半點菸味也沒有，坐起來很舒適，不過車裡的氣氛就沒那麼舒服了。

上路沒多久後，廷揚就問道：「你媽一直都是那樣嗎？」

「不是，她其實很溫柔的……。」

「溫柔？她跟我吵架的時候可不是那個樣子。」廷揚冷冷地說。

亞學說不出話來。他知道自己現在怎麼幫母親解釋都沒有用，畢竟素芬多年後的第一次造訪，真的給大家留下太震撼的印象了。

「亞學沒說謊，素芬姐以前人真的很好，絕對不是我們剛才看到的樣子。」玉蓁站出來說話，畢竟亞學口中那個溫柔的素芬，她以前也親眼看過。

「亞學，你們家搬走之後，是不是遇到了什麼事情？你媽媽的性格才會變這麼多？」呂媛語帶保留地問。

「這，我也不清楚……。」

素芬會變成這樣的原因，亞學確實是知道的，只是他不想說出來。

素芬現在的身分是知名餐飲品牌的地區協理。她在公司裡的發展完全是一個傳奇，學生時期從工讀生開始做起，轉正職後一步步爬到協理的位置；目前是一人之下，萬人之上的地位，公司裡每個人看到她都得敬畏三分，包含家裡的人也是這樣。

亞學感覺得出來，素芬每往上爬一個階級，整個人就會改變一點。慢慢地，他在素芬身上再也看不到母親的樣子，只有那個強勢的協理。而在素芬眼中，家裡的人也不再是家人，而是員工跟下屬。亞學能看到鬼魂後，素芬的個性就變得更偏激，完全聽不進別人的意見了。

但話說回來，素芬也是為了這個家才會變成這樣。亞學父親只是一般的員工，收入根本比不上她，家裡的支出、學費、從懷恩社區搬到市區的房屋貸款都是素芬一肩扛下來的；只是讓家裡越來越好的同時，她也慢慢把自己變成了家裡的陌生人。

如果可以選擇，亞學不想要豪宅豪車，他只想待在懷恩社區，把他們最熟悉的母親留在身邊……。

❀

抵達目的地的時候，因為假日的關係，一路上看到不少車子，不過多數人都是要去海水浴場的，這裡反而沒什麼人。

「到了，就是這裡。」

依靖把車子停在海邊一段寬廣的道路旁。路邊就是沿著海岸建造的海堤步道，可以直接看到寬廣的海面，海風吹起來也很舒服。但一想到今天來這裡的目的，大家下車的腳步都變得很沉重。

「車子當時就是停在這裡。」依靖站在路邊一塊空位上，朝著南方比手畫腳說道：「志遠的屍體是在那邊被發現的。如果他是帶著沅琪一起落水的話，沅琪應該也會被沖去那個方向，但是搜救隊沿著岸邊找了很久都沒有結果。」

「亞學，你有看到什麼嗎？」玉蓁問。

亞學朝道路兩端跟步道看了一下，沒看到志遠跟沅琪的鬼魂。他們可能在別的地方，不過玩具們會叫他來這裡，一定是有原因的。

「我們上去看一下吧。」亞學抱起那箱玩具來到步道上。步道前方是海跟堤防，後方就是道路，不過亞學一樣什麼都沒看到。

其他人都跟在亞學身邊，等待他接下來的動作。這種感覺讓亞學壓力倍增，畢竟他已經答應依靖了，今天絕不能空手而歸。

「喂，接下來要做什麼？你們不是知道主人在哪裡嗎？」亞學焦急地晃了一下箱子，希望玩具們能給他一點提示。

像是真的有股力量在回應他，海面上突然吹來一陣強烈的海風，站在步道上的五人全被這陣風吹得東倒西歪。玉蓁跟呂媛抓著廷揚才沒有摔倒，亞學則是一陣踉蹌差點跌倒，雖然最後穩住了腳步，但他剛才的踉蹌讓箱子裡有一半以上的玩具都掉到了地上。

亞學本來想快點把地上的玩具撿起來，但他剛彎下腰就呆住了。因為在他眼前，不可思議的事情發生了。

地上的玩具們或躺或趴，姿勢都不一樣，但它們卻神奇地在地上排成一條直線，線指向的那一端正是海洋。

亞學想起了在闔家百貨，玩具們排成一列朝他走來的畫面。

「原來是這樣啊……。」亞學明白了，眼前的畫面不是巧合，而是玩具們的訊息。

想通這一點後，他立刻把地上的玩具撿起來，然後走到堤防邊，把箱子裡的玩具全倒進海裡。

「亞學！你在幹嘛？」

亞學突然的動作讓大家都嚇傻了，特別是依靖，已經很蒼白的臉孔現在更是嚇到失了魂。

廷揚衝到亞學身邊把箱子搶過來，但玩具已經全被倒進海裡了。

「你瘋了是嗎？這些玩具是……沅琪的……你到底在做什麼啊?!」廷揚氣到連話都不知道怎麼說了。

「等一下，你們看！」

亞學指著堤防下方，只見那些玩具沒有被沖到海面上，而是沿著岸邊緩緩朝北邊漂去。

「走吧！跟著玩具走就對了！」

亞學邁開腳步，在步道上沿著玩具們的漂流方向跑起來。其他人愣了一下才反應過來，紛紛用跑的跟在亞學身後。

沿著步道跑了一段路後，堤防消失了，取而代之的是一片小沙灘。

沙灘的範圍不大，也看不到觀光客，因為那並不是能讓人戲水玩耍的美麗海灘，而是被垃圾掩沒的骯髒沙灘。

旁邊的海水浴場能保持乾淨，這片沙灘占了大部分的功勞，因為多數被海浪沖來的垃圾都堆積在這裡了。亞學他們追到這片沙灘時，發現玩具們跟垃圾一起卡在沙灘上，一動不動了。

是被垃圾擋住了嗎？亞學在沙灘上找來一根樹枝，試著讓玩具們繼續前進。但他好不容易才把玩具從垃圾中推出去，它們卻很快又漂回原本的位置，像是打定主意要留在這裡似的。

「他們好像不想走。」亞學看著腳下踩著的沙灘，想了想後，說：「他們停留在這裡只有一個可能……沅琪可能就在這裡，大家一起找找看吧！」

「怎麼找？要把沙灘挖開嗎？」廷揚問。

「就……先找吧！玩具把我們帶來這裡，一定是有原因的。」亞學嘴巴上這麼說，但看著滿是垃圾的沙灘，他也不知道從何找起。這麼多年過去，堆積在這片沙灘上的垃圾都不知道換過幾輪了，真的能找到線索嗎？

第一個採取行動的是依靖，她二話不說彎下腰開始翻垃圾。只要有機會找到沅琪，不管垃圾堆還是化糞池，她都會選擇跳進去。

看到依靖的動作，大家也不再多話，各自捲起袖子在垃圾堆中翻找起來。他們要找的是什麼？是沅琪的屍骨？還是其他東西？沒有人知道，每個人只是默默地在沙灘上翻找著。不過亞學相信，找到該找的東西時，他們一定會知道的。

玉蓁是第一個知道的人。

沿著沙灘一路找到堤防間的界線時，玉蓁看到了「那個」。

「那個」被卡在堤防底下的石頭裡，經過這麼多年的海水沖刷，身上早已失去了該有的顏色，但還是能看出原本的形狀。

看到「那個」的瞬間，玉蓁腦中跟沅琪有關的回憶一口氣全都浮現出來。沅琪來店裡的每一張笑臉、每一個帶回家的玩具……玉蓁一直覺得記憶裡少了什麼，她現在終於知道答案了。

在她的記憶中，少了沅琪最燦爛的那張笑臉。

玉蓁想起依靖之前說的話。沅琪跟玩具們玩的時候就像在進行一場演出，沅琪是導演，玩具們是演員，但不管怎樣的劇情，都一定會有一個女主角。

沅琪在店裡笑得最燦爛的那張臉，就是把女主角從店裡帶回家的時候。

❀

「來，一、二、三，起來！」

亞學跟廷揚一起把一塊漂流木搬起來檢查，但下面只有堆積如山的垃圾。

「還是什麼也沒有……。」

亞學用領口擦掉臉上的汗，喘口氣休息一下。廷揚的體力看起來還遊刃有餘，呂媛則是已經坐在旁邊休息了。一路跑到沙灘來的時候，她的體力就已經快跟不上了。

其實亞學的體力也快到極限了，只是看到依靖持續在垃圾堆中翻找的身影，他就覺得自己也不能放棄。

「對了，老大呢？」廷揚問道。亞學這才發現玉蓁不知道找到哪裡去了。

「依靖！妳能過來看一下嗎？」

亞學跟廷揚轉過頭一看，只見玉蓁正從堤防邊緣走過來，手裡似乎拿著什麼東西。

玉蓁發現什麼了嗎？每個人開始朝她靠過去。等大家集合在一起後，玉蓁才鬆開手，問依靖：「妳認得這個玩具嗎？」

在玉蓁手上的是一個已經褪色的美人魚玩具。依靖緩緩將美人魚從玉蓁手上接過來，說：「我認得……這是小琪的……。」

「沅琪下車的時候一定把她帶在身邊，這是她最喜歡的玩具嗎？」

「啊，是艾瑪……。」依靖像是想到了什麼，說：「艾瑪是小琪幫這個玩具取的名字。小琪每次玩玩具的時候，艾瑪總是被她放在最中間，台詞也是最多的。」

亞學眼前很快浮現出畫面。如果箱子是舞台，玩具們是演員的話，那美人魚艾瑪就是女主角了。

玩具們帶他來到這裡，目的就是要找到艾瑪嗎？還是說……

我們知道主人在哪。亞學又想到了玩具們傳達的這句訊息。會不會他一開始理解的意思就錯了？這句話的意思，其實是……。

一想到這點，亞學整個肩膀都聳了起來。

「玉蓁姐、廷揚哥，可以請你們先幫忙把沅琪的玩具撈起來嗎？」

「要幹嘛？」廷揚懷疑地說。

「拜託你們了，我回去把裝玩具的箱子拿過來！」亞學沒有進一步解釋，拔腿就往回程的方向跑。

亞學路上沒有休息，拿了箱子又跑回沙灘。這時，玉蓁他們已經把沅琪的玩具都撿回岸上了。

顧不得自己一口氣還沒喘上來，亞學又跟依靖說：「依靖姐，可以請妳跟以前陪沅琪玩的時候一樣，把玩具在箱子裡擺出來嗎？」

大家都不知道亞學想做什麼，最後在玉蓁的眼神肯定下，依靖決定先照做，把箱子放平，然後按照記憶把沅琪的玩具一個一個放進去。

就在依靖把本來的玩具都放進箱子，準備把美人魚也放進去的時候，依靖的手突然停了下來。

「咦……？」

依靖開始懷疑自己的眼睛。儘管臉上還能感受到海風的吹拂，但她眼前看到的並不是海灘，而是以前還住在懷恩社區時，家裡的客廳。

「媽媽，不對啦，艾瑪要在這裡才對！」

依靖轉過頭，看到沅琪就蹲在她旁邊，嘟起嘴來一臉生氣的樣子。

「為什麼？她的同伴不是都在這裡嗎？」依靖本來要把艾瑪放到旁邊的位置，因為其他海洋生物的玩具都在那裡。

「艾瑪不一樣，她是主角！要放這裡！」

沅琪抓著依靖的手，指揮她把艾瑪放在正中間的位置。

眼前的畫面是幻象還是回憶呢？依靖不知道，但她確實感覺到有一股小小的力量正在拉著她的手，把艾瑪移動到中間的位置。

「對，要放這裡才對……。」依靖把艾瑪放下的同時，眼淚也不由自主地落下，滴在艾瑪身上。

那一刻，淚水在艾瑪身上滑動，折射出淡淡的美麗光芒。

「媽媽妳看，艾瑪變漂亮了！」沅琪笑了起來。

「嗯，對啊，變得好漂亮……。」

突然一股強勁的海風吹到臉上，依靖瞇了一下眼睛，等她再次張開眼時，發現自己回到了沙灘上，剛才的畫面跟聲音就像是一場夢。

「剛……剛才……，」依靖看著大家。「是我在作夢嗎？小琪……她剛才在我旁邊……！」

「我知道，那不是夢。」亞學說。

依靖把艾瑪放下來時，亞學也看到了沅琪。她就蹲在依靖旁邊，拉著依靖的手，跟她說話。

玉蓁跟其他人也感受到了氣氛的改變，各自後退把空間留給依靖。

「那……她現在還在嗎？」依靖問。

「嗯，她一直在這裡。」亞學看向箱子旁邊的小小身影，說：「她跟妳一樣沒有放棄，知道一定會有人來找她。」

沒有放棄的不只她們，還有一個更大的功臣，就是玩具們。

玩具們一直在等能幫助它們的人，最後它們等到了亞學。

我們知道主人在哪裡。

它們把這句訊息傳達給亞學時，它們想讓亞學找到的並不是沅琪的屍體，而是艾瑪。

一個物品只要被主人重視愛護，主人的靈魂就會留在上面。箱子裡的每個玩具都殘留著沅琪的靈魂，特別是艾瑪。只要找到艾瑪，留在玩具上的靈魂就能結合在一起，讓沅琪回到它們身邊。

看著箱子裡的玩具，亞學小小聲地說：「你們也沒有放棄呢！」

被掩埋的照片
照片中，他拖著行李箱進入社區，
裝了什麼東西又出來了。
或許這張照片是她要我拍到的。
她想告訴我，她就在那裡面……。

一行人從海邊回到懷恩社區時，時間已是晚上八點過後了。

今天在海邊折騰一整天，每個人都累壞了。不過跟出發前的沉重情緒相比，回程車上的氣氛明顯變得輕鬆，不知不覺就忘記身上的疲累了。

沅琪的屍體，可能已經不知道漂流到大海的某處，跟海洋合為一體了，但她的靈魂一直跟玩具們在一起。

今天，她終於可以回家了。

在早餐店門口道別時，依靖放下車窗，再次跟早餐店的每個人道謝。亞學可以看到沅琪就坐在後座，陪著她的那箱玩具，準備跟媽媽一起回家。

「對了，你們店裡失蹤的那個女生，」離開前，依靖又說：「她是叫思穎吧？希望你們也能快點找到她，讓她回家。」

「我們會努力的。」玉蓁微笑著說。

依靖可能察覺不到，但亞學跟其他人都知道玉蓁花了多大力氣才擠出這個笑容。

依靖回去後，玉蓁也不廢話，叫大家趕緊回去休息，明天還要準時上班。今天這麼累，可以連休兩天嗎？亞學這麼想著，不過看廷揚跟呂媛都沒抱怨，他只能把這些話吞心裡了。

亞學剛回到房間，手機就收到了訊息，是亞孟傳來的。「你人在懷恩社區嗎？我帶吃的過去找你，聊一下。」

看來今天的事情還沒結束。亞學早就知道了，母親好不容易知道他在這裡，絕不可能這麼輕易放過他。亞孟說要帶消夜來找他，應該也是母親叫他來的吧？

算了，就讓亞孟上來，讓家裡的人安心一下也好。

「我在家裡，你到社區門口跟我說一下，我下去接你。」

一個小時後，亞學收到了亞孟人已經到門口的訊息，很快就下樓。還沒走到門口，鼻子就聞到了一股熟悉的味道。

「這味道是……？」

亞學加快腳步趕到門口，果然看到亞孟手裡提著兩包鹽酥雞，而且是亞學最愛吃的那家。

「這袋是你的，希望我沒記錯你愛吃的。」

亞孟把其中一袋鹽酥雞遞給亞學。亞學看了一眼袋子裡裝的餐點，幾乎要歡呼出來了。

「你沒記錯，就是這些！」

記得以前，兩兄弟存下零用錢就是為了在放學後能吃上一包鹽酥雞。因為怕母親發現，兩人都會在外面偷偷吃完後再回家。儘管如此，兩人還是在路上被素芬抓過好幾次，最後零用錢跟鹽酥雞兩頭空，付出不小代價。

「媽還在生氣嗎？」坐電梯上樓的時候，亞學趁機問了一下家裡的狀況。

「當然，氣得要死，一直在想要怎麼把你帶回去。」亞孟晃了一下手中的鹽酥雞，說：「不過媽的個性你也知道，知道你在這裡後她有比較安心，說怕你晚上肚子餓，叫我買點吃的來看你。」

原來這包鹽酥雞是母親請的，不過亞學可不會這樣就認輸了。

「那爸呢？」

「還是一樣，不敢跟媽說話。」亞孟露出苦笑，說：「他也叫你快點回去，不然媽的怒火三不五時就會燒到他身上。」

「那你跟爸說，請他再幫我擋一下了。」亞學也笑了出來。

亞學的父母是在工作時認識的，當時父親是分店店長，母親是工讀生，沒想到幾十年後立場逆轉，母親當上協理，父親還是個店長；權力全掌握在母親手裡，這讓父親在家裡沒有半點話語權，就跟隱形人差不多。

亞學跟亞孟聊著家裡的事情，一邊回到了房間。亞學剛打開門，正要把客用的拖鞋拿給亞孟時，他突然一個恍神，手一鬆，把拖鞋丟到了地上。

「唉呀，不歡迎我就直說，幹嘛這樣呢？」亞孟以為亞學在開玩笑，哈哈笑著把拖鞋撿起來。

亞學沒有跟著笑。他臉上的表情完全凍結，雙眼石化般盯著亞孟。

因為此時此刻，思穎就站在亞孟身後。她眼中的血淚像是情緒失控般潰堤流出，雙眼更是帶著亞學從未感受過的恨意，釋放出的執念，全都指向亞孟。

看到亞學一動不動，亞孟一開始還覺得奇怪，但了解弟弟的他馬上反應過來。「亞學，你看到什麼了是嗎？」

亞學當機立斷，伸出雙手把亞孟從房間推出去，喊道：「走！到一樓去！」

「可是，鹽酥雞⋯⋯！」

「不要管了，我們快下去！」

亞學一路上又推又拉，終於把亞孟帶回一樓大門後，他才喘了一口氣，說：「哥，我問你幾個問題，你老實回答我。」

亞孟這時才意識到問題的嚴重性，整個人緊繃起來。「好……你問吧。」

「我租的那間房間，3A3，你以前去過嗎？」

「沒有啊，沒去過。」

「那以前住在那裡的人，你認識嗎？」

「不認識，我就沒去過了，怎麼會知道那裡住誰啊？」

「那這支號碼呢？你有印象嗎？」

亞學把思穎傳達的手機號碼唸給亞孟聽。亞孟愣了一下，說：「現在還有誰會去記手機號碼啊？至少我確定這支號碼我沒用過。」

「都沒有的話，為什麼……？」

「亞學，別嚇我，你到底看到什麼了？」

亞孟緊張的反應看起來不是裝的，亞學也知道亞孟不是會演戲的人，難道他真的什麼都不知道？可是這樣的話，為什麼亞孟走進房間後，思穎會有這麼大的反應？

「算了，哥，今天就到這邊，你先回去吧。」

「咦？可是我才剛進去你家而已……。」

「我今天累了，你回去就跟爸媽說我很好，叫他們不要擔心。」

「你這樣是要叫我怎麼安心回去跟媽說？」亞孟急得跳腳，說：「你難道連我都不相信了嗎？」

「哥，我……，」亞學欲言又止，最後還是咬牙說道：「謝謝你帶來的鹽酥雞，我會好好吃完的。」

看到亞學如此堅持立場，亞孟只能無奈地嘆一口氣，最後跟亞學叮嚀一句，有事情一定要跟他說後，轉身從社區離開了。

從小到大，不管亞學遇到什麼困難，亞孟永遠是第一個站出來幫他解決的人。但這一次，看到思穎的反應之後，亞學開始懷疑自己。

或許，他並不是那麼了解亞孟也說不定。

✽

亞學回到房間的第一件事，就是拿出菜單跟硬幣，再次跟思穎溝通。

思穎則是站在客廳裡，像是也在等亞學回來。這時的她恢復成之前的樣子，情緒沒剛才那麼激動了。

「好，開始吧。」有個問題亞學一定要先問清楚。「我就直接問了，殺死妳的人，是我哥哥嗎？」

硬幣開始移動，亞學屏氣凝神等待著答案。硬幣移動到「布丁奶茶」的「布」字，代表不是。

看到答案之後，他鬆了口氣，但還有一口氣仍卡在胸口裡。

「如果他不是兇手，妳剛才那麼激動幹嘛？」

硬幣這次移動的時間花得比較久，先是「雞胸」的「胸」，「手工抓餅」的「手」，組合成「兇手」兩個字。

再來是價目表上的「1」，「起士」的「起」，飲料選項「去冰」的「去」，「鍋燒麵」的「鍋」。

亞學一邊看一邊解讀思穎的訊息。凶手，一起去過？

硬幣最後停在菜單的最上方，「玉蓁早餐店」的「早餐店」三個字上，不停打轉。

「我哥跟凶手一起去過早餐店？」亞學搞懂思穎的意思了。「是妳上班的時候看到的嗎？」

硬幣在價目表的「4」上面畫了一圈，表示他說對了。

亞學的直覺是對的，亞孟果然跟凶手有關係，只是亞孟自己沒發現。是他當時的朋友嗎？還是同學？

「所以凶手到底是誰？」

亞學直覺地問了出來，結果硬幣又開始在數字間移動，拼湊出那支變成空號的手機號碼。

「又是這支號碼……。」

亞學已經不想吐槽了。思穎似乎不知道凶手的名字，只知道他的手機號碼，所以不管亞學問凶手的任何問題，她能給的就只有這支號碼。

✽

亞學本來以為自己早上會全身痠痛爬不起來，結果他竟然比鬧鐘還要早醒來，身體也沒想像中疲勞，早早準備好就去上班了。

到早餐店一看，玉蓁已經在準備開店了，廷揚跟呂媛也沒遲到，大家的動作都很俐落，完全看不出昨天的疲勞。或許這是幫助了沅琪後，她留給大家的祝福吧！

「玉蓁姐，那個……，」趁著剛開店，客人還沒有很多，亞學想跟玉蓁確定一件事情。「以前我們家還住在這裡的時候，我哥會帶朋友一起來妳這裡吃早餐嗎？」

「會啊，還滿常的。」玉蓁很快回答：「特別是假日，他打完球之後很常帶球友一起來這裡吃飯。」

玉蓁這樣一說，亞學也想起來了。

亞孟假日會到附近的籃球場打球，因此認識不少球友，高中生、大學生、社會人士都有，凶手該不會就在那群球友中吧？

那些球友中有沒有看起來可疑的人？亞學本來想繼續問，但想想還是算了。亞孟的球友這麼多，就算玉蓁記得每個球友的長相，也不能確定誰有嫌疑，畢竟有些變態最擅長的就是偽裝成正常人。

「沒事了，玉蓁姐，我先回去工作。」

亞學剛說完，隨即發現玉蓁的樣子不太對勁。她雙眼緊盯門口，嘴巴像是看到外星人般張到最大，整個人呆立在原地。

有誰來了是嗎？亞學轉頭看去，只見四名男子陸續走進櫃檯。四人的年齡看起來差不多，都是三十歲左右，不過穿著打扮各異，像是從四部不同的動畫中走出來的人物。

走在最前面的男子張開嘴巴正要說話，玉蓁已經搶先一步扯開喉嚨，大喊道：「就是他們！」

玉蓁的叫聲凍結了店裡的空氣。亞學、廚房裡的廷揚跟呂媛，還有店裡的客人全都被嚇到一動不動，直到玉蓁喊出下一句話，亞學才進入狀況。

「就是他們！跟思穎在一起的就是他們四個！」

玉蓁之前一直在找的那四個年輕人，現在竟然同時走進來了？

廷揚第一個做出反應，他從廚房跑出來把門口擋住，不讓四人有機會逃跑。亞學不知道該做什麼，只好站在廷揚旁邊助陣，其他客人則是一陣慌亂。

「幹嘛？什麼事情？」

「是在抓小偷嗎？」

那四人也被嚇傻了。他們沒想到會有這麼特殊的歡迎儀式，走在最前面的人對玉蓁揮了揮手，尷尬笑著。「老闆，好久不見了……。」

「總算等到你們回來了！」玉蓁氣勢凌人地捲起袖子，一副準備大幹一場的樣子。

「那個，我們回來只是想問一下……」四人同時縮起肩膀，膽怯地問：

「請問思穎還有在這裡上班嗎？」

「你們還敢問這個？她失蹤了，你們都不知道嗎？」

「什麼?!」四人異口同聲發出驚呼，臉上表情像是受到毀天滅地的打擊般，血色盡失。

✽

整間店的前後兩段彷彿完全變成了不同的空間。

前半段，呂媛負責櫃檯工作，廷揚在廚房一個人負責所有製作，維持早餐店的正常運作。雖然很忙，不過兩人還應付得過來。

店的後半段則是籠罩著一股陰鬱氣氛，讓其他客人不想靠近。那四名男子坐在最裡面的位子，玉蓁跟亞學則坐在他們對面。

四人像做錯事的小孩一樣，低著頭不敢直視玉蓁，玉蓁則是雙手抱胸瞪著他們。若是剛踏進店裡的客人，可能會以為玉蓁正在對新員工訓話吧？

嚴肅的氣氛中，亞學打量著眼前四人。他們剛剛才介紹完自己的名字。

四個人之中，身穿襯衫，梳著油頭，看起來像業務的叫祐霖。

身材瘦削，戴著一副黑框眼鏡，感覺像工程師的叫做志謙。

穿著時髦，手臂上有刺青，看起來像有在玩樂團的叫做柏堯。

身材健壯，剃著平頭，看起來像職業軍人的叫做宇峰。

跟十一年前的照片相比，他們的長相沒什麼變化，身材跟穿著倒是變了許多。畢竟他們已經不是當年的青少年，而是在不同產業工作的社會人士，也難怪他們看起來會像從不同動畫中走出來的人物了。

「所以說，你們全都不知道思穎失蹤了？」

玉蓁的聲音裡藏著陣陣殺氣。

四人趕緊搖頭，說：「沒有，我們真的不知道。」

四人有默契地選擇祐霖作為代表，由他發言。「老闆，我們今天只是一起約好要回來看思穎，我們真的不知道發生了這樣的事。」

「過了這麼多年，你們怎麼覺得思穎還會在這裡上班？」

「那是因為……，」祐霖想了一下，說：「是她那天親口跟我們說的。」

「那天？」

「就是我們玩到天亮才載思穎來上班，然後她被妳罵跑的那天……。」

「喔，那天啊！」玉蓁又瞪著他們。「思穎後來果然跑去找你們了。」

四人的頭垂得更低了。冰凍三尺非一日之寒，看來他們從以前開始就很害怕玉蓁了。

「那天之後，思穎就沒有來上班了。」玉蓁用指節敲了敲桌子，像是在警告他們要說實話。「她去找你們後，說了什麼？然後你們又帶她去了哪裡？請你們在這裡老實跟我說清楚。」

「是，我們會交代清楚的。」四人在座位上挺直了身體。在玉蓁的注視下，亞學相信他們不敢說謊的。

✽

祐霖他們並不是壞人，只是喜歡玩機車的四個大學生罷了。大學畢業後、等兵單來的這段時間內，他們打算大玩特玩，藉此來享受當兵前的最後自由時光。

所謂的大玩特玩，其實就是騎車到處跑，打保齡球、唱ＫＴＶ、泡網咖之類的正常娛樂。夜店跟酒店之類的地方，他們從來沒去過。

一來他們把錢都花在機車上面，二來是他們不敢去，因為他們四人都是母胎單身，從沒交過女朋友。

不過男生湊在一起就會作亂，他們好幾次想搭訕飲料店或網咖的女店員，只是從來沒有成功過，因為對方的等級太高了，看不上這幾個臭男生。

直到有一次，他們早上偶然經過玉蓁早餐店，進來吃早餐後，就被廚房裡的思穎給迷住了。

那時候他們就下了一個決定，每天早上都要來這裡吃早餐，直到成功把思穎約出去為止。

結果他們第一次跟思穎搭訕、約她出去玩，思穎就答應了。他們四人當時開心地抱在一起又叫又跳。

從那之後，思穎就正式加入他們，每天晚上跟他們到處跑。他們四個都很喜歡思穎，只是基於兄弟間的義氣，沒有人敢先表白。

至於思穎有沒有喜歡過他們其中一個？他們不知道，每次出去時，思穎都會輪流坐他們的車，看不出來她有特別喜歡誰。

不過有一點可以確定，那就是玉蓁似乎把他們當成會欺騙女生感情的渣男，不想讓思穎接近他們。

有一次，思穎拿了一台拍立得相機過來，說要請玉蓁幫他們五個拍照。雖然思穎拍照時笑得很開心，他們卻能感受到玉蓁臉上的殺氣。後來玉蓁沒把照片撕掉簡直是奇蹟。

為了不讓玉蓁生氣，他們總是不讓思穎玩到太晚，每天深夜十點前一定會準時送思穎回家。
只是年輕人一旦玩起來很容易就忘了節制。那天，他們跟大學同學一起出去，整個晚上的行程都排滿了，吃完晚餐看電影，吃完消夜再去夜唱，玩到完全忘了時間，直到天亮才直接載思穎去早餐店上班。
當時，還沒騎到早餐店，他們隔老遠就能感受到玉蓁的怒火。最後他們不敢靠近早餐店，遠遠就讓思穎下車，以免受到波及。
就在祐霖剛回到家準備要睡覺的時候，他接到了思穎的電話。
「思穎，妳不是在上班嗎？」
「……你可以來接我嗎？」
祐霖的胸口瞬間收緊，因為思穎的聲音聽起來像是在哭。
「妳在哪裡？我馬上過去。」
祐霖接著打電話給其他人，然後在路邊找到邊走邊哭的思穎，載她去跟大家會合。
咖啡廳裡，思穎把剛才被玉蓁痛罵一頓的事情說了出來。最後，她說：
「如果玉蓁姐要這樣一直管我，連跟你們出去玩一下都不行的話，那我乾脆離職好了！」

「離職？」四個人面面相覷。祐霖首先說：「可是老闆她不是很照顧妳嗎？這樣離職的話……。」

「那又怎樣？」思穎不服氣地說：「她是我老闆，不是我媽，不喜歡我的話把我開除掉就好，沒必要這樣管我罵我啊！」

「不過，我覺得我們這次真的太過火了。」平常話最少的宇峰這時候說：「不應該帶妳玩到天亮，而且，我們能相處的時間也沒剩多久了……。」

大家都在訝異宇峰為何說出這樣的話時，也只見宇峰一臉冷靜，繼續說：「其實，我家打電話來，說兵單寄到了，下個月十號我就要進去報到了。」

聽到這個消息，祐霖跟另外兩人都面如死灰。既然有一個人收到兵單，代表他們進去的時間也不遠了。

「天下沒有不散的宴席，到時就真的要再見了……。」祐霖不捨地看著思穎，說：「思穎，雖然老闆不喜歡我們，但我們知道她都是為妳好，我覺得妳還是留在店裡比較好。」

「你是認真的？」思穎一陣錯愕。

「嗯，如果妳是我女兒，我也不想讓妳跟我們四個臭男生混在一起。」

「不是吧？你們都這麼想嗎？」思穎看向其他人，志謙、柏堯跟宇峰也相繼點了點頭。

「雖然平常我們會跟妳一起說老闆的壞話，不過她是真的對妳很好。」志謙說。

「她是真的把妳當成家人，妳自己一定也能感受到吧？」柏堯接著說。

「有人能唸妳是一種幸福，不要離職，留下來吧！」宇峰最後說。

「你們……。」思穎站了起來，臉上滿是不可置信，像是沒想到他們四個人竟然會背叛她。但祐霖覺得這不是背叛，而是最真誠的建議。

思穎依序看著他們四人的臉孔，最後嘆了一口氣，說：「好吧，既然這樣，請你們以後不要再來找我了。」

「思穎，妳先不要這樣……。」

「你們都希望我繼續留在玉蓁姐身邊，不是嗎？」

四人點頭如搗蒜。

「那就讓我專心在那邊工作，不要再來找我了！」

思穎說完後，拿起桌上的冰紅茶一口氣喝完，頭也不回地走出了咖啡廳，那甩門的氣勢讓店員跟其他客人都嚇到了。

留在座位上的四人也都傻了眼。他們沒想到跟思穎的關係竟然是用這樣的方式結束的。

來不及跟思穎告白的那些話，只能藏在他們心裡了。

後來四人信守承諾，沒有再回到玉蓁早餐店，有時偶然經過，也只是快速騎過去，不會去看店裡的情況。

要是不小心看到了思穎的身影，也只會覺得心痛而已。

宇峰先去當兵後，其他三人也很快收到了兵單，陸續加入國軍。

四人退伍後各自在不同的領域工作，彼此也很少聯絡，直到前陣子的一次聚餐，他們又想起了思穎。

「十一年前的氣話，思穎現在應該已經忘了吧？要不要我們給她個驚喜，去早餐店找她？」

祐霖這麼提議之後，大家很快就贊同了。

只是他們沒料到，回到早餐店後，可怕的老闆還在，思穎卻不在了。

✽

聽完那天的經過後，玉蓁問：「所以你們也不知道思穎後來去哪了？」

「我們一直以為她還在這裡工作，所以才會提議一起來找她。」祐霖問：「所以，思穎的失蹤現在有什麼線索嗎？如果有我們可以幫忙的，我們一定全力以赴。」

「線索倒是有一個。你們對這支號碼有印象嗎？」

亞學想到思穎不斷傳達的那支手機號碼，把號碼唸出來後，四人都搖頭說沒印象。

「這是誰的手機號碼？」祐霖問。

「我也不知道，不過可能跟思穎的失蹤有關係就是了。」亞學說。

「有試過打給對方嗎？」

「打過，已經變空號了。」

工程師模樣的志謙這時提議道：「把號碼輸入到手機看看呢？說不定通訊錄裡會跑出紀錄。」

「說得對，試試看吧。」

四人一起把那支號碼輸入到手機裡。如果之前有紀錄的話，應該就會自動跑出來才對。

緊接著，突如其來的一聲「啊」吸引了大家的注意。

發出聲音的是看起來有玩樂團的柏堯。他把手機螢幕轉過來，緩緩說道：

「那個，我的通訊錄有存這支號碼……！」

亞學跟玉蓁馬上靠過去。螢幕上顯示的確實是那支號碼，聯絡人標示著「阿翔」。玉蓁像是在拷問犯人一樣，嚴厲逼問道：「通訊錄上的這個阿翔是誰？怎麼認識的？快說！」

「等……先等一下……我要想一下……。」柏堯顯得相當不知所措。因為現代人主要都靠社群軟體通訊，很少打手機號碼，因此通訊錄裡的聯絡人都是很久之前就存下的，除非有標示清楚，不然根本想不起來對方是誰。

「有……我想起來了！」柏堯用力拍了一下太陽穴，說：「我快畢業的時候從宿舍搬出來，想在學校附近找公寓；後來我在網路社團上看到一篇貼文，一個暱稱叫阿翔的人在出租房子，當時聯絡用的就是這支號碼！」

「所以這個阿翔是房東？還是房仲業者？」

「我不確定，因為我跟他沒有見過面，只有打電話而已，聊過之後我就決定不跟他租了。」

「為什麼？」

柏堯回憶著當時的情況，說：「他的口條很不專業，聽起來不像房東，也不像房仲；聲音很年輕，感覺跟我一樣都是學生，但是說起話來冷冰冰的，讓我沒什麼好感。」

「會不會是二房東啊？」祐霖這時候說。

「二房東？」亞學之前在網路上看過這稱呼，但不知道是什麼意思。

「就是先跟房東租房子，然後瞞著房東用更貴的租金把房子轉租給其他人，藉此來賺租金的價差。當時在我們學校還滿流行的，有好幾個人到處租房子，再轉租當二房東來賺零用錢。」

亞學恍然大悟，這樣一來的話就說得通了。

「玉蓁姐，看來思穎她當時說的不是氣話，而是認真的。」

「啊？什麼意思？」

「她要專心在店裡工作。她走的時候跟你們這樣說了，不是嗎？」亞學看向祐霖等人，說：「當時的她應該就已經決定了，她要租懷恩社區的房子，這樣的話下樓就可以直接上班，不用怕遲到了。」

「所以她就去網路上找，然後找到了同一個二房東，想要租房子……？」玉蓁說。

「沒錯，就是我現在住的3A3。」

祐霖四人一臉茫然，他們已經跟不上亞學跟玉蓁的話題了。

亞學逐漸理出頭緒了。阿翔就是殺害思穎的凶手，思穎跟他到3A3看房時一定發生了什麼事，才會被殺害。

思穎為什麼一直傳達這支手機號碼給亞學，而不直接說出凶手是誰，那是因為她也不知道對方的本名，但一直記得聯絡用的電話。

✽

「老闆，可以讓我們再看一下那張照片嗎？」

祐霖一行人離開前跟玉蓁提出了要求。玉蓁知道他們指的是什麼，她把牆上角落的海報撕下來，下面露出的正是思穎跟他們四人的合照。

四人盯著那張照片，臉上全都浮現出靦腆的笑容，像是回到了十一年前，那個每個人都想告白，卻沒人敢說出口的羞澀年代。

相片上的畫面已經漸漸模糊褪色，可思穎迷人的笑容卻像是剛印上去一樣，魅力不減。

「老闆，可以問妳一個問題嗎？」祐霖問。

「嗯？」

「為什麼妳要用海報把相片牆遮起來？妳當初會想用照片來裝潢店裡，不就是希望照片能被人看到嗎？」

「……我只是覺得看膩了，又捨不得把這些相片丟掉，才讓它們暫時留在牆上。」玉蓁說完後把海報貼回去，讓相片牆再次被掩埋在海報下方。

玉蓁嘴巴上這麼說，但亞學跟其他人都知道玉蓁真正的答案。她其實是在逃避心中的內疚跟悔恨。

「我們也希望快點找到思穎，如果還有其他線索，或是我們能幫忙的地方，請隨時聯絡我們！」

祐霖等人最後留下了這句話，玉蓁也接受了他們的心意，站在門口送他們離開。

玉蓁沒有把手頭上的資訊告訴他們，一來她不忍心讓他們知道思穎已經被殺害了，二來則是因為光靠手上的線索，他們也做不了什麼。

不過今天案情有了飛躍性的進展，十一年前的二房東阿翔就是殺害思穎的凶手，這點錯不了。

只是亞學已經問過現任房東，他兩年前才買下3A3，在之前還有許多人易手過，根本查不到十一年前的房客資料。

不過，要找阿翔還有一絲希望，那就是亞孟。

思穎曾經看過亞孟跟凶手一起來早餐店，如果阿翔是亞孟的球友的話，只要問一下亞孟，應該就會有答案了。

亞學把這份情報暫時先藏在心裡，打算下班後再傳訊息問亞孟。

就在亞學快下班時，他卻先接到了一通意想不到的來電，是父親打來的。

亞學看著來電通知露出疑惑的表情。父親平常很少跟自己聯絡，今天怎麼會特地打來？

「喂，爸？」亞學接起電話。而父親在電話那頭說的第一句話，就讓他懷疑自己是不是聽錯了。

「你在說什麼？哥他怎麼可能會……？」

父親又重複了一次。這次亞學聽得很清楚，只是父親在電話那頭說的每一個字，怎樣都無法在他腦裡連接成完整的句子。

亞孟他……跳樓了？

❀

亞學趕到醫院的加護病房時，母親素芬跟父親都在那裡了。亞學一路跑到兩人身邊，一口氣還沒喘過來就急著問：「哥……哥他怎麼樣了？」

「還在裡面觀察。你先別過來，你媽她——」

父親還沒說完，素芬已經一個箭步向前，一個巴掌直接甩在亞學臉上，重重的一聲「啪」讓附近的家屬都嚇了一跳。

巴掌甩到臉上的瞬間，亞學感覺眼前一黑，腦袋嗡嗡作響，完全無法思考，等他回過神來，眼前只看到燒著怒火的素芬。

「你還說那些髒東西不會害人？亞孟昨天才去找你，今天就出事了！你要怎麼解釋？你害你自己不夠，還要害死你哥嗎？」

素芬對著亞學咆哮。亞學只是摸著臉一語不發。他知道母親現在只是需要一個宣洩的出口，既然她要把責任怪在自己身上，那就隨她吧，跟她解釋只會讓事情越變越糟。

保全人員聽到騷動後過來勸導，素芬坐回等待區的椅子上，父親則是把亞學拉到另一邊，盡可能跟素芬保持距離。

亞學忍耐著臉頰上的疼痛，問：「爸，所以哥的情況怎麼樣了？」

「一開始很糟糕，醫生跟我們說了一大堆，說你哥有頭部創傷跟腦震盪、多處骨折還有內出血什麼的……我跟你媽都不敢再聽，只求他們快點把你哥救回來。」父親按著胸口，心有餘悸地說：「還好，醫生剛才出來的時候說情況有穩定住了，只是你哥還沒醒，醫生也要再觀察一下有沒有併發症。」

聽到亞孟的傷勢穩定住了，亞學鬆了口氣，母親剛才打在臉上的巴掌也沒那麼痛了。

只不過亞學還是搞不懂，亞孟會想自殺？他覺得這件事發生的機率比彗星撞地球還低。

「爸，你在電話裡說哥從五樓跳下來？是從家裡嗎？」亞學想跟父親確認清楚。

「不是家裡，你哥是從市區裡的一棟舊公寓頂樓跳下來的。」

「哥跑去那裡幹嘛？」

「我也不知道啊，他今天早上什麼話都沒說，就直接跑出去了。」

「哥有沒有可能是被人推下去的？」

「警察也還在調查，只是那棟公寓連監視器都沒有，到底發生什麼事，要等你哥醒來才知道了。」父親無奈地說。

這到底是怎麼回事？亞孟昨天才來社區找自己，今天就莫名其妙從舊公寓的頂樓摔下來了？

「爸，哥昨晚回去後，有什麼奇怪的地方嗎？」亞學問。

「回去之後……我想想……。」父親瞇起眼睛回想，說：「他有進去倉庫，然後問我他以前用過的舊手機收在哪裡，好像要找什麼資料的樣子。」

該不會是……？

亞學想到了某種可能，加上昨晚跟亞孟的互動，他一想到就覺得可怕。

或許母親說對了。

這次差點害死亞孟的，可能真的是他。

❀

亞孟墜樓的公寓是市區中常見的舊式公寓，沒有電梯、沒有保全，一樓的鐵門直接敞開著，不管是誰都可以進去。

跟亞學一起來的還有玉蓁。聽到亞孟疑似跳樓自殺的事情後，玉蓁本來想叫亞學休假在醫院專心陪家人，不過亞學不想待在醫院發呆。他知道亞孟絕不可能自殺，把自己的推測告訴玉蓁後，玉蓁也改變想法，決定早餐店打烊後跟他一起來這棟大樓尋找答案。

亞學發現那棟公寓剛好在易隆的店附近，於是也約了易隆。有房仲幫忙帶路，假裝成看房的客戶，這樣才不會顯得可疑。

奶茶也跟易隆一起來了。牠看到亞學後顯得特別興奮，搖著尾巴在亞學身邊繞來繞去。看來回到易隆身邊之後，牠每天都過得很開心。

跟奶茶相比，易隆臉上的表情就顯得嚴肅多了。「我聽說你哥的事情了，他還好嗎？」

「雖然他現在還沒醒來，不過傷勢都沒大礙了，相信他很快就會好起來。」亞學說。目前父親一天二十四小時都在醫院陪亞孟，一旦亞孟醒來，亞學也能馬上知道。

「那就好、那就好。」易隆抬起下巴朝公寓看了一眼，說：「你要去頂樓，對吧？」

「沒錯，我哥不可能跳樓，所以我想親眼看一下現場。」亞學堅定地說。

「我能理解你的想法。」易隆大力點頭，說：「走吧，我帶你們上去！」

易隆帶兩人進入公寓，爬上樓梯一路來到頂樓。

跟亞學想的一樣，通往頂樓的門也沒有任何管制，重點是女兒牆的高度明顯不合格。亞學站在牆邊時，感覺只要有人伸出手指在他身後輕輕一推，他就會輕而易舉地摔下去了。

「你們慢慢看，我就不打擾你們了。」

易隆靠在門邊抽菸，亞學跟玉蓁站在女兒牆邊，壓低音量開始討論。

「亞學，你覺得怎麼樣？」玉蓁問。

亞學看著高度不及自己腰部的女兒牆，說：「這女兒牆的高度……我猜得果然沒錯，我哥不是跳下去的，他是來這裡找某個人，然後被推下去的。」

那天晚上，亞學問了亞孟好幾個問題，有沒有去過3A3？認不認識以前住在那裡的人？還有對那支手機號碼有沒有印象？

亞孟一定是想知道亞學遇到什麼困難，回去後就開始翻舊手機，結果發現他的舊手機存有那支號碼。雖然號碼已經變空號了，但亞孟肯定有對方的其他聯絡方式，於是他聯絡對方想問清楚，卻沒想到對方是個殺人凶手。

阿翔聽到亞孟要問懷恩社區的事情時，他害怕殺害思穎的事情會被發現，因此他把亞孟約上頂樓，趁亞孟不注意時把他推了下去。還好亞孟命大，留下了一條命。

雖然這一切只是亞學的猜測，不過應該八九不離十。

現在可以理解玉蓁的心情了。

亞孟只是想幫亞學，卻把自己推進了陷阱。

若那天晚上自己的反應不要這麼大，亞孟就不會發生這種事了。

不過，為什麼要約這棟公寓呢？是因為阿翔住在這裡嗎？還是……？

亞學還在思考，突然發現一個身影靠在自己的腳邊，是奶茶。

奇怪的是，奶茶這次沒有搖著尾巴撒嬌，而是直直豎起尾巴、壓低身體，露出牙齒做出低吠警戒的動作。

怎麼回事？奶茶為什麼會突然這樣子？

亞學順著奶茶警戒的方向看去，只見一個人影從陰暗的樓梯口浮現出來。很快地，一名高大的男子走上了頂樓。

男子年約三十歲，他的身高站在頂樓上顯得特別受人注目，特別是他還有些微的駝背，要是把腰挺起來，男子可能有一百九十公分高也不一定。

男子發現易隆靠在旁邊抽菸時，臉上微微吃驚，似乎沒想到頂樓有人。看到亞學跟玉蓁時他就沒那麼驚訝了，看來他是把兩人當成易隆的客戶了。

男子沒有跟易隆搭話，而是直接朝亞學跟玉蓁走來。他每靠近一步，奶茶的表情就越顯凶狠，隨時會撲上去咬人。

「奶茶，好了，別這樣。」亞學輕聲安撫奶茶，一轉眼的時間，男子就走到了亞學身邊。

女兒牆在男子旁邊看起來就像小人國裡的建築物似的，他低下頭看著亞學，一種冰冷的、像在面對非人類生物的恐懼感從亞學心中油然而生。

男子的五官就像石頭上的刻痕，扁平且沒有任何感情。而且他長這麼高了還駝背，總有一種故意瞧不起人的感覺。

亞學還不知道對方的目的，男子就先說話了。「在頂樓要小心點，昨天才有人從這裡跳下去。」

這是警告還是威脅？亞學無法分辨男子的用意，而奶茶這時已經完全躲到亞學身後。雖然牠仍在警戒著，不過看得出來牠現在很害怕，低吠只是在幫自己壯膽。

「喂，他們是我的客戶，別亂來喔！」易隆抽了最後一口菸，同時對男子放話。

男子冷冷瞄了易隆一眼，沒再多說什麼，邁開怪物般的步伐又從樓梯走下去了。

「真是的，這一帶的業者都是一堆怪人！」易隆把手中的菸彈開，對亞學說：「還好嗎？沒被他嚇到吧？」

「還好……易隆大哥，那個人也是房仲嗎？」亞學問道，因為男子身上穿的既不是西裝也不是制服，而是一般的休閒服裝，易隆卻稱他為「業者」。

「房仲？才不是呢，他是代租代管的業者。現在有很多這種公司，幫房東管房子、收房租之類的。」

「就像二房東嗎？」

「二房東呀……好久沒聽到這個名詞了，差不多就是那個意思。不過這種業者的水準參差不齊，好的就很專業，爛的就很爛。」

突然，亞學想起了四人組中柏堯對於阿翔的描述：「他的口條很不專業，聽起來不像房東，也不像房仲，聲音很年輕，感覺跟我一樣都是學生，但是說起話來冷冰冰的，讓我沒什麼好感。」

那個人，該不會就是……？

「易隆大哥，剛才那個人，你知道他叫什麼名字嗎？」

「他叫張翔，在這裡的社區還滿有名的。」
「是哪一個翔？吉祥的祥還是飛翔的翔？」
「我記得是飛翔的翔，然後張是弓長張。」
張翔……該不會他就是……？
亞學趕緊轉身想要跟玉蓁說他的發現，卻發現玉蓁像是失了神般，一動不動地盯著樓梯口，連眼皮都沒眨一下。
「玉蓁姐，妳怎麼了？」亞學關心道。
她該不會是被剛才那個人嚇到了吧？
聽到亞學的聲音後，玉蓁才緩緩眨了一下眼，從失神的狀態中恢復過來。
「我記得他……。」玉蓁小聲說著。
「玉蓁姐，妳說什麼？」
「我記得剛才那個人……他在照片上……我應該要早點想起來的……。」
玉蓁的聲音跟身體都在顫抖，就像被回憶冷不防地襲擊，想起一件她早就該想到的事。

⁂

回到懷恩社區，玉蓁一下車就跑回早餐店，拉開鐵門鑽了進去。

亞學本來想回家換個衣服再去醫院看亞孟，但一想到玉蓁在頂樓那不對勁的樣子，他就覺得很擔心，於是也跟著鑽進了早餐店。

店裡沒有開燈，只有鐵門底下照進的午後陽光充當照明，讓店裡的氣氛介於陰陽之間。明明是再熟悉不過的地方，亞學現在卻有些發毛。

唰、唰、唰、唰！一連串規律的聲音從店裡傳來。看到聲音的來源後，亞學傻住了，因為玉蓁正站在相片牆前，把掩蓋在相片上面的海報一張張撕掉。

「……玉蓁姐？」

玉蓁這時剛好把最後一張海報撕掉。她轉頭看了一下亞學，此刻的玉蓁披頭散髮，頭髮跟汗水一起黏在臉上，讓她看起來像個十足的瘋婆子。但玉蓁雙眼裡發出的光芒，卻比亞學之前感受到的還要清晰耀眼。

「玉蓁姐，可以的話，請妳不要嚇我，跟我解釋一下好嗎？」亞學戰戰兢兢地靠近玉蓁。

「你過來看就知道了。」

玉蓁把撕下來的海報踢到一邊。曾經被海報掩埋的相片牆，現在又重新被展示出來了。

「你看到了嗎？這幾張照片。」她指著相片牆中最底下的照片，說：「這些照片是我罵完思穎後的隔天拍的。當時我以為思穎只是賭氣跑掉了，晚點一定會來上班，所以我還是繼續跟客人拍照……卻沒注意到，其實思穎就在這些照片裡面。」

「思穎在裡面？」亞學開始尋找，卻只看到玉蓁跟一起合照的客人，沒有看到思穎。

「你要看後面一點，門口那邊。」玉蓁提示道：「看到那個男人了嗎？」

「啊！」亞學忍不住叫了出來。其中兩張照片，玉蓁跟客人的身後都拍到了陽台上那個高大男子張翔的身影。

其中一張照片，張翔從店門口經過，看起來正要走去懷恩社區。

另一張照片，張翔則是從懷恩社區的方向走過來，像是正要離開。

兩張照片中，張翔的手上都拖著一個出國用的大行李箱。看起來就像是他拖著行李箱進入社區，裝了什麼東西又出來了。

行李箱裡裝的，該不會就是……亞學想到了答案，卻沒有說出來。

「這麼剛好，他一來一回的畫面都被我拍到了。」玉蓁看著自己親手貼上去的相片牆，雙手緊緊握成了拳頭。

「照片拍下來就是要被人看到的，我怎麼現在才知道這個道理？明明答案就在照片裡，我卻用海報把它們遮起來。要是我早點注意到的話……這麼多年來，我到底在掩埋什麼……在逃避什麼呢……？」

「玉蓁姐……，」亞學想了一下，還是決定把自己的想法說出來。「光靠這兩張照片還不夠，照片只拍到他拖著行李箱，這樣還不夠。」

玉蓁也想到了這一點。她專心盯著兩張照片，然後又站起來看向相片牆。

「不止這兩張照片……。」玉蓁掃視著牆上的每張照片，將照片中的畫面跟自己的記憶連結，過往的畫面一一變得清晰。

張翔的身影不只出現在照片，還存在於她的記憶裡。

每一格每一幕，玉蓁全部記得。

那些畫面，就是最關鍵的證據。

✿

好久沒來懷恩社區了。

張翔站在社區大廳，就像看到許久不見的老朋友般。他抬頭看著社區招牌，感嘆地吐出一口氣。只是他跟這位老朋友之間，可不存在美好的回憶。

「張先生，不好意思，讓你久等了！」

一個矮小的身影正朝大廳小跑步過來，那是今天的客戶，鄧奶奶。

「鄧奶奶，不要急，慢慢來。」張翔的語句聽起來像是在關心鄧奶奶，聲音裡卻一點感情也沒有。

鄧奶奶在懷恩社區有一間房子，本來是她跟先生一起住，先生不久前去世後，鄧奶奶決定搬到國外跟孫子一起住，但跟先生一起生活過的房子又捨不得賣掉，於是想交給張翔代為管理出租。張翔今天就是來跟鄧奶奶簽約的。

鄧奶奶好不容易跑到大廳，突然停下腳步，懊惱地說：「唉呀，糟糕，我忘記把印章帶下來了啦！」

「沒關係，鄧奶奶，不然我陪妳上去，我們在樓上簽約吧！」

「不行啦，怎麼能讓你陪我多跑一趟！不然這樣，你先去旁邊早餐店坐一下，吃個早餐休息一下，我上去拿印章，很快就下來找你了。」

鄧奶奶朝門口右邊比劃著，張翔記得那裡確實有一間早餐店。

「好吧，那我去早餐店等妳，鄧奶奶妳注意安全喔。」

「知道知道，你快點過去，快去快去！」鄧奶奶急促地揮著手，像是怕張翔改變主意。

不過就是去早餐店等而已，有必要這麼激動嗎？張翔實在搞不懂。

走出懷恩社區的門口，向右轉，玉蓁早餐店的招牌就在眼前。

張翔記得這間早餐店從十幾年前，他還在懷恩社區當二房東的時候就在了，沒想到這間店能存活這麼久。

以前的球友曾經帶他來這裡吃過飯，還有十一年前那個女的，好像就在這間早餐店上班……。

說到這個，最近到底是怎麼回事？先是以前的球友跑來問懷恩社區的事，現在這個老太婆又指名說一定要跟自己簽約，彷彿冥冥中有股力量要把他帶回來一樣。

想著想著，張翔已經走進早餐店了。

店裡的客人不多，張翔一走進店裡就被用餐區旁的相片牆所吸引，但他的眼神只在相片牆上短暫停留了幾秒就別開了。

因為他第一眼就在照片上看到了那個女生的身影。

真是陰魂不散……張翔下意識轉過身，背對著相片牆，找了一個角落的位子坐下。

張翔剛坐下來，就有另一個人坐在他對面的位子上。

坐下來的不是鄧奶奶，而是一名二十多歲的年輕人。

張翔「咦」了一聲，因為他幾天前才在公寓頂樓上看過這張臉。

「鄧奶奶不會下來了。」年輕人說：「我叫亞學，方便跟我聊一下嗎？」

「對不起，不方便。」張翔二話不說站起來就要走。不管對方在打什麼主意，總之一定不會是好事。

張翔剛站起來，其他客人竟也陸陸續續站了起來，廚房裡的廚師更是直接走出來擋在門口，一夫當關的氣勢像是在說，現在誰也別想走出這個大門。

張翔看著店裡的埋伏，總共有五個人擋在他跟門口之間，特別那個廚師看起來就不是普通人物，就算是他也沒把握能闖出去。看來這件事從鄧奶奶想要簽約開始，就是個陷阱了。

「坐吧，我有問題想請教你。」亞學面帶微笑，拉開椅子邀請張翔入座。

亞學看起來一副輕輕鬆鬆，所有事情都在掌握中的樣子，其實心裡已經快嚇死了。現在擋在門口的不用說正是廷揚，支援的客人則是祐霖四人組；一聽說這件事跟思穎有關，他們就答應來幫忙了。

眼看沒辦法出去，張翔只能乖乖坐下來，問：「你想跟我聊什麼？」

亞學也不廢話，直接問：「我哥是被你推下樓的嗎？」

哥？張翔仔細端詳亞學的臉，看上去確實跟亞孟有幾分相似，不過他知道自己現在絕對不能承認。

「你哥是誰？」

「亞孟，你們以前一起打過籃球。」

「不記得了。」

「不可能，你一定記得，他幾天前被人從公寓頂樓推下來，現在還在昏迷。」亞學放慢語調，說：「他問了你不該問的問題，是嗎？」

張翔皺起眉頭。這小子為什麼會知道這麼多？

「對了，我還沒跟你說，我現在住在懷恩社區的3A3，前陣子剛搬進去沒多久。」

3A3，那房間不就是……？

張翔明白了，原來一切都是這小子在搞鬼。亞孟突然跑來問3A3的事情，還有眼前的處境，一切都是從他開始的。

「你不承認也沒關係，等我哥醒來後，他自然會說出是誰把他推下樓的。」亞學臉色一沉，說：「那思穎呢？是你殺了她，對不對？」

「啊？」

「思穎死了？」

旁邊的祐霖四人組比張翔還要驚訝，因為他們現在才聽到思穎的死訊。

「不好意思，你剛才說的名字，我一個都沒聽過。」

「沒關係，我知道你不會承認。」亞學說：「至少，我希望你能告訴我們，你把思穎的屍體埋在哪裡了？」

張翔開始懷疑眼前這小子到底是不是笨蛋。要是說出來，不就承認自己是凶手了？

「小鬼，我現在給你兩個選擇。」張翔把手機拿出來放在桌上，說：「一個是你們現在讓我走，另一個是我報警控告你們妨礙人身自由。」

「呃……。」亞學的眼神開始往旁邊飄，顯然是在尋求支援。

張翔隨即聽到櫃檯傳來另一個聲音：「沒關係，你可以報警，這也是我們最想要的結果。」

玉蓁從櫃檯後面走出來。亞學終於等到救星，開心喊道：「玉蓁姐！」

玉蓁坐到亞學旁邊，她從圍裙口袋裡拿出好幾張照片放到桌上，全是思穎跟客人的合照。

「照片中的女孩子就是思穎。」玉蓁問：「你一定還記得她，對不對？」

「剛剛說過了，不認識。」

「你可以假裝不記得她，但我一直記得你。」玉蓁連眼睛都沒眨一下，直直地盯著張翔。

「我？」

「你以前不是這樣的。」玉蓁說。

像張翔這樣高大的人，不管走到哪裡都會讓人留下印象，玉蓁也不例外。張翔曾經跟亞孟一起來吃過早餐，這是張翔第一次出現在玉蓁的記憶。她的記憶裡，之後關於張翔的畫面，都是在店門口發生的。他偶爾會從店門口經過，然後像是在找人一樣，抬頭朝店裡張望。

「這幾張照片剛好拍到你看向店裡的畫面。你當時是在找思穎，沒錯吧？」玉蓁指著桌上思穎跟客人的合照。

在思穎後方的門口處，確實拍到了一個高大的身影。

那個身影抬頭挺胸，身材看起來很健壯，跟現在的張翔簡直判若兩人。但照片會記錄一切。照片中緊盯著思穎的那張臉孔，確實就是張翔。

「我猜你跟那些男生一樣，來過我們店裡一次後，就被思穎給吸引了。」玉蓁朝祐霖四人組瞄了一眼，繼續說：「雖然你沒有進來用餐，但你只要經過一次，就會看一下思穎有沒有上班……直到這一天。」

玉蓁又從圍裙口袋裡拿出兩張照片，正是張翔拖著行李箱一來一回的照片。也就是從這張照片開始，張翔開始有了低頭駝背的動作。

「這是思穎失蹤當天拍的。照片中的你跟之前不一樣，你甚至低著頭不敢看店裡，好像你早就知道了，思穎今天不會來上班……。」

「妳胡說八道夠了吧？」對於桌上的照片，張翔的視線沒有停留超過一秒。他知道沒有必要多看。「對，照片裡的是我，我拖著行李箱經過妳的店門口，然後呢？這能代表什麼？」

「可以請問一下，你的行李箱裡裝了什麼嗎？」

「是我準備出國玩要穿的衣服，有什麼問題嗎？」張翔理所當然地回答。

玉蓁再度發起攻勢。「以那個行李箱的大小，裝滿衣服頂多二十公斤。照片中，你拖著的行李箱卻有四十五公斤重，請問你都是裝了哪些衣服？」

「妳怎麼……？」張翔本來想問玉蓁怎麼知道行李箱有多重，可朝照片多看一眼後，張翔瞬間就想起來了。

那一天早上，懷恩社區周遭的道路在進行下水道工程，路面都鋪上了鐵板，玉蓁早餐店門口也不例外。

兩張照片中，張翔拖著行李箱要走去懷恩社區時，鐵板的下沉幅度只有幾公分。

可張翔拖著行李箱從懷恩社區走出來時，鐵板的下沉幅度明顯變深了。

玉蓁昨天才帶著店裡的人一起實驗過，她特地買了跟照片中同樣大小的行李箱，並請廷揚幫忙尋找市區中有在施工的路面，然後找到了相同規格的施工鐵板。

玉蓁的記憶中，思穎跟呂媛差不多重，只要請呂媛帶著行李箱站上去，再看一下鐵板的下沉幅度，就能知道答案了。

「你走進懷恩社區時，行李箱是空的；走出來時，裡面卻裝了四十五公斤的物體……可以告訴我裡面裝了什麼嗎？」玉蓁又重複了一次問題。

張翔還沒打算認輸，繼續反駁。「那麼久以前的事情，我怎麼可能還記得？裡面可能還裝了別的東西，只是我忘了而已。」

否認到底就好了……沒辦法證明行李箱裡裝什麼的話，這兩張照片就什麼都不是。

玉蓁和張翔的眼神互相交會，如同兩把無形的利刃在空中劈砍，亞學幾乎能看到空氣中冒出火花。

顯然，其中一方的火花正在逐漸減弱，還差一點，只差一點就可以讓對方認輸了……。

「圍裙。」玉蓁突然冷冷地說。

圍裙？張翔沒聽懂玉蓁的意思，但這兩個字卻隱約勾起了他在那個晚上的記憶。

「怕你沒有注意到，我們店裡並沒有規定的圍裙，但思穎的圍裙跟我一樣，因為那是我幫她買的。」

張翔確實現在才注意到，玉蓁身上的圍裙跟思穎在照片中穿的是同一個款式，都是米色的圍裙。但這又能代表什麼？

玉蓁把手伸到後面，開始解開綁在腰部的圍裙綁帶，一邊說：「這款圍裙是思穎上班滿一個月時我送給她的，獨一無二的禮物。」

解開後面的結後，玉蓁把綁帶圍在腰上繞了一圈，換成在前面打結的綁法。當兩條綁帶在前方打成一個結時，張翔瞬間明白，為何玉蓁會說它是獨一無二的禮物了。

在打結的交界處，能看到兩條綁帶上各繡著一個Q版造型的大頭卡通人物；兩個人物都穿著圍裙，看得出來其中一個比較高的是玉蓁，另一個較嬌小的則是思穎。

當兩條綁帶打結綁在一起時，綁帶上的玉蓁跟思穎便靠在一起，看起來就像兩人站在一起，這正是玉蓁精心設計的。

「繡著這圖案的圍裙，世界上只有兩件。」玉蓁把其中一張照片往前推到張翔面前，說：「請問，為什麼其中一件會在你的行李箱裡？」

照片中，張翔推著行李箱從懷恩社區裡走出來，一小截米色綁帶就懸掛在行李箱的拉鍊夾縫處。

拍立得照片的畫質沒有手機那麼清晰，只要一個角度或光源沒抓好，照片就會糊成一團。但這張照片上，不管是綁帶的形狀或是上面的圖案，像是有一股力量刻意在畫面中聚焦，全都清楚拍下來了。

綁帶上繡著思穎的卡通人物，上面還沾著像是血跡的紅色東西。

圍裙……？對了，圍裙！

張翔想起了那天晚上，圍裙是他最後才放進去的，一定是他沒注意到才會露出來。

還要再抵抗下去嗎？張翔的嘴唇微微顫抖。他本來想再找藉口搪塞，可一看到玉蓁此刻的眼神，他第一次感到了害怕。

誰知道這個早餐店老闆還記得多少東西？準備了多少證據？謊言再陸續被拆穿下去，只會讓自己更難堪。

玉蓁又一次看向祐霖四人組。得知思穎的死訊後，他們全哭得一把眼淚一把鼻涕。

「如果你跟他們一樣，曾經喜歡過她，為什麼要殺她？」玉蓁的聲音低沉，卻銳利地切進了張翔的心。

「我……。」

張翔低頭看著桌上。其中一張照片裡，思穎笑著跟客人一起合照，而在思穎身後的他，臉上也掛著笑容。那是看到喜歡的人之後，特有的幸福笑容。

這樣的笑容，多久沒有在自己的臉上出現了呢？

或許是從那天之後，就從自己臉上永遠消失了吧……？

「我沒有殺她……。」張翔終於哽咽著開口。

「你還要說謊？」

「是真的，我沒有殺她，那是意外……是意外而已……。」

張翔重複著「意外」兩個字，彷彿越是這樣說，就越能說服自己，那真的只是一場意外……。

✽

思穎是在晚上打電話給張翔說要看房子的。

那天，正是思穎被玉蓁罵跑，跟祐霖四人組正式決斷的那一天。

張翔晚上有空，很快就趕到了懷恩社區。

一看到思穎，張翔馬上認出她就是玉蓁早餐店的女店員。

張翔在懷恩社區裡租了好幾間房子來當二房東，但他只到玉蓁早餐店吃過一次飯，就是亞孟帶他去的那一次。

雖然只有一次，但張翔馬上就對思穎留下了深刻的印象；還沒有到喜歡，就是覺得「這樣的女生怎麼會在這裡上班」的那種感覺。

之後，張翔每次到懷恩社區，一定會在玉蓁早餐店門口停下腳步，看思穎有沒有在裡面上班。

一看到思穎在店裡忙碌的身影，他就會覺得心裡的某個空間被默默填滿了，這就是所謂的療癒感吧？

不過思穎並沒有認出張翔，張翔怕嚇到思穎，也不敢主動提起這件事。

直到張翔帶思穎看完３Ａ３的房間後，思穎才說：「你很眼熟欸，我們是不是在哪裡見過？」

「真的嗎？」原來思穎記得他嗎？張翔開心得幾乎要飛起來了。

「嗯，我記得在店裡看過你！」思穎說她在玉蓁早餐店看過張翔跟球友一起來吃飯，張翔的身高很有特色，所以她才有印象。

「原來妳在那間早餐店上班啊。」張翔說。當然他早就知道了。

「是啊，我打算直接住在這個社區，這樣以後就不用怕遲到了。」思穎吐了一下舌頭，說：「除非我睡過頭啦！不過我還是會努力的，我不能再讓玉蓁姐生氣了。」

「玉蓁姐……是每次都在櫃檯的那位老闆嗎？」

「是啊，我最近發生一些事情跟她吵架，不過等我住進來之後，我就要讓她見識到我有多認真工作，以後早上我一定要比她還早去開門！」

「那妳要小心一點，通常距離最近的會更容易遲到喔！」

張翔跟思穎聊得很開心，最後拿出公事包準備拿文件簽約時，張翔突然有了一個主意。他把合約收回去包裡，問：「那我問妳一下，就只是問一下而已……妳想要跟我一起工作嗎？」

「你是說……當你同事？」

「是啊，我在其他社區還有好幾間房子在出租，如果有人來幫我收租跟管理的話會好很多。怎麼樣，要不要參考看看？」

「哇，你應該跟我差不多大吧，這麼年輕就有這麼多房子……？」思穎羨慕地睜大雙眼。

「沒有啦，我只是二房東而已。」

「二房東……就是瞞著本來的房東，把房子租給別人的意思嗎？」

「是這樣沒錯，不過只要本來的房東同意，合約裡也有註明清楚，二房東就是合法的。」張翔在這邊說了謊，因為他當二房東租出去的房子，幾乎都是沒有告知原房東的。

「如果把二房東當成投資的話也是不錯的，就像我這樣，只要到處收租金就好了，怎麼樣？有興趣嗎？」

「嗯……謝謝你的邀請……但我現在在早餐店過得很開心。」
「很開心？妳不是說最近才跟老闆吵過架嗎？」
「那都是我的錯啦，玉蓁姐都是為我好。」
「我還是覺得妳可以過來看看，早餐店那麼辛苦，每天很早就要起床，錢也不多。」
「嗯……可是我覺得錢不是最重要的啦！」思穎臉上的笑容突然變得尷尬了。「玉蓁姐把我當成家人，我不能離開她。」
「我也會把妳當成家人啊，而且錢才是最重要的！妳沒聽過嗎？錢可以解決的問題都不是問題。」
「不……那感覺是不一樣的……。」
「我只是實話實說，人生不該把時間浪費在沒前途的工作上，妳看我，只要把房子租出去就能輕鬆——」
「請你不要貶低玉蓁姐跟早餐店！」思穎終於忍不住了，大聲喝斥後，說：「在那裡工作是我這輩子最幸福的事……我想你這種人是不會懂的。」
思穎的喝斥聲讓張翔從自己的一廂情願中清醒過來，他這才發現思穎已經慢慢拉開與他的距離，朝著門口移動。

兩人之間的氣氛變得極度緊張，張翔一臉錯愕，思穎則是感到不安。

「我想我不會租這裡了，謝謝你今天的時間。」思穎堅決說完，就轉身想離開。

「思穎，等一下！」張翔急切地邁開雙腿追了上去。

他本來只是想叫思穎不要把他當二房東的事情說出去，畢竟事情傳開的話就麻煩了。沒想到他剛伸手抓住思穎的肩膀，就引來了思穎的劇烈反抗。

「不要這樣！」思穎用力將張翔的手撥開。

「妳聽我說！我只是想請妳……！」

張翔試圖讓思穎停下腳步，卻讓局面越來越糟。突如其來的拉扯讓兩人都失去平衡，一個踉蹌後，兩人雙雙摔到地上。

「不要！救命！」思穎以為張翔要侵犯她，恐慌中，她開始尖叫，對他又踢又打。

「妳冷靜聽我說，先聽我說！」

在思穎的極力反抗下，張翔的聲音也忍不住大了起來，這反而讓思穎更害怕了。用雙手反抗的同時，她一邊轉頭尋找能當作武器的東西。

思穎注意到張翔的公事包就掉在旁邊，公事包的開口微微敞開，美工刀正好露了出來。

在極度混亂的情況下，她下意識拿起美工刀，朝著張翔劃了過去。

「哇啊！」張翔感覺手臂上一痛，隨即看到了思穎手上的美工刀。

「不要這樣！我只是想跟妳商量而已！」

張翔想方法控制思穎持刀的手，手上的力道卻在不知不覺中加大。

在驚慌失措下，思穎掙扎的力氣也越來越大，失控的刀鋒最終在混亂中劃過了她的脖子。

一道鮮血形成的小噴泉從思穎脖子上噴湧而出，噴濺在地板上、牆上，以及張翔的臉上。

張翔被突然濺到臉上的鮮血嚇到不由自主地後退爬開，等他把沾到眼睛上的血擦掉後，才意識到眼前發生的事有多嚴重。

思穎用雙手捂住喉嚨，眼神中充滿了驚恐與求救的慾望。她看向張翔，想要說些什麼，喉嚨卻只能發出嘶啞的血泡聲。

「止血……要先止血……有什麼能止血嗎？」張翔壓制住心裡的恐慌，腦中只有一個念頭，就是要救思穎。

「咕……咕……。」思穎用手勢比著自己的口袋，示意張翔把裡面的東西拿出來。

張翔趕緊伸手把思穎口袋裡的東西抽出來，發現是思穎上班時穿的圍裙。張翔顫抖著手將圍裙壓在思穎的脖子上，鮮血瞬間浸透圍裙，把圍裙也染成了鮮紅色。

在這麼嚴重的傷勢下，不管張翔再怎麼努力施救，都無法阻止思穎的生命流失。

張翔不知道自己止血的動作維持了多久，等他回過神時，思穎的眼神已經變得黯淡，只剩下一片空洞，全身上下都失去了動靜。

張翔在思穎的屍體旁邊坐了一個晚上，內心滿是恐懼跟悔恨。

他不能報案，這是一場意外，但警察跟其他人可不會這麼想。而且房東不知道張翔當二房東轉租的事，要是房子變成凶宅，房東跟他求償的話，他耗盡積蓄也賠不完。

看著思穎的屍體，他知道，現在想要脫身只有一個方法。

張翔先用屋裡的床單將思穎的屍體包起來，再回家去拿行李箱。

那個行李箱本來是他為了下個月出國玩準備的，沒想到會在這個時候派上用場。

帶著行李箱回到社區後，張翔把思穎的屍體先放進去。至於地板跟牆壁上的血跡，他打算之後再來慢慢清理。

好不容易把屍體塞進行李箱關好，張翔發現拿來止血用的圍裙還在地上，於是趕緊又拉開一條縫，把圍裙丟了進去。

現在想起來，或許是自己太急著想結束這一切了。

張翔最後沒有把行李箱完全關好，讓圍裙的吊帶露了出來，變成他無法擺脫的證據。

✽

「我好不容易才沒有再作跟那一天有關的惡夢，本來以為可以解脫了，沒想到你們竟然還沒放棄。」張翔抬頭看著玉蓁，說：「她說在這裡工作是她這輩子是最幸福的事，現在我相信了。」

再看玉蓁，她的眼淚在張翔說到一半時就已經潰堤了，還好呂媛趕緊拿了一包衛生紙過來。

祐霖四人組也抱在一起發出傷心的哽咽聲。他們的痛苦想必不輸玉蓁。

「那……思穎呢？她現在在哪裡？」玉蓁擦拭著臉上的淚水，聲音聽起來依舊堅強。

「在我老家的院子裡，我趁家裡沒人的時候埋的，沒人知道。」

亞學看著低下頭的張翔。他還有一個問題想問清楚。「那我哥呢？你把他推下樓也是意外嗎？」

「那不是意外，你哥是為了救我才摔下去的。他來找我的時候，我以為他什麼都知道了，所以我打算跳樓先一步去死。結果你哥想要阻止我，反而自己掉下去了。」

張翔抬起頭笑了一下，那是已經準備好面對一切罪行的豁達笑容。

「你哥醒來的話，記得幫我跟他道歉，真的很對不起。」

說完後，他緩緩伸出手，在桌上的手機按下了報案電話。

✽

亞學臨時接到通知，趕到醫院的加護病房時，跟上次的情況一樣，母親素芬跟父親都在那裡了。

只不過這次的氣氛跟上次不一樣。父親喜孜孜地笑著，連母親臉上也難得露出了笑容，因為亞孟的情況好轉，醫生說可以從加護病房轉到普通病房了。

護理人員把亞孟的病床推出來時，亞學跟父母全都圍了上去。他們已經很久沒有像這樣全家團聚了。但護理人員很快把他們隔開來，說亞孟要再進行一個檢查才會轉去普通病房，要再等一下。

不過看到床上的亞孟能清醒地跟他們互動，這樣已經足夠了。

亞孟從病床上看到亞學時，他把手輕輕放到左胸上，像是在跟亞學道歉。他沒有問過亞學就擅自去找張翔，害亞學被素芬罵了。

亞學笑著擦拭臉上的淚水。

只要亞孟能醒來，他再被母親多罵幾次也值得。

亞孟被推到直到看不見後，又只剩下了父母跟亞學三個人。父親這時彷彿又聞到了火藥味，決定腳底抹油先跑。「那個，我先去準備病房的東西，你們……你們先聊吧！」

父親一溜煙逃走後，亞學繃緊了神經。他又要獨自面對母親了，不曉得這次又要罵些什麼，是要罵他差點害死亞孟？還是要強制叫他去宮廟靈修，把能看到髒東西的能力徹底剷除掉？

反正不管是哪個，亞學都決定聽聽就好，跟母親吵架是永遠吵不贏的。

沒想到素芬一個深呼吸後，竟然說：「先回去吧！不用擔心你哥，這裡有我跟你爸在。你在懷恩社區不是還有事情要做嗎？」

「啊？」亞學幾乎不敢相信自己的耳朵。「媽，妳怎麼知道？」

「是玉蓁說的，她把你搬回去之後發生的事情都告訴我了。」素芬說：「不只她，玉蓁還找了很多人來幫你求情，那些事情我都知道了。」

那些事情？亞學馬上能聯想到的就是易隆大哥跟奶茶、鄧爺爺鄧奶奶、暐婷的鋼琴，還有依靖跟沅琪的玩具。

不知不覺中，他到早餐店上班後，已經經歷過那麼多事情了。

「你快回去幫玉蓁吧！」素芬說：「亞孟沒事了，我們一家隨時都可以團聚，但是她跟那孩子就不一定了。」

「啊……！」

這是亞學多年來第一次，感覺到那個曾經熟悉的母親又回到了他身邊。

「謝謝媽。」亞學強忍住淚水，轉身從醫院離開。

因為在懷恩社區，還有另一件更需要他的事情等著他去做。

❀

懷恩社區，3A3房間的門口比平常還要熱鬧，除了玉蓁早餐店全員到齊外，連祐霖四人組也來了。

「怎麼連你們都來了啊？」廷揚似乎一直不太喜歡他們。

「我們是思穎最好的朋友，難道不能來嗎？」四人不服氣地說。

「好了啦，亞學快回來了，大家安靜。」呂媛不斷提醒著大家。

玉蓁則是站在房門前，不斷深呼吸來調整情緒。

「大家，我回來了！」電梯抵達三樓，亞學從電梯裡飛奔而出。他上氣不接下氣，一副剛跑完馬拉松的樣子。

「亞學，你要休息一下嗎？」呂媛擔心地問。

「不用再等了，玉蓁姐，我們直接開始吧。」

「這一次她沒有出來嗎？」

「沒有，不過我可以感覺到她在裡面等妳。」亞學把鑰匙交給玉蓁，說：「開門吧，玉蓁姐。」

玉蓁慎重地點了點頭，接著把鑰匙插入門把，緩緩打開了3A3的門。

「啊……。」

亞學沒有說話，但所有人都感受到了。

思穎就站在玉蓁面前，此刻從她傷口中流出的鮮血、眼中的血淚，全都在跟玉蓁傳達著想被擁抱的渴望。

「思穎……。」玉蓁幾乎是本能地伸出雙手，將思穎緊緊地抱在懷裡。

「亞學，我抱到她了嗎？」

亞學用力點了點頭，沒有再多說什麼，因為這一刻無須言語，只要一個擁抱就能修復一切。

玉蓁抱住思穎的那一瞬間，思穎脖子上的傷口開始癒合，眼中的血淚也轉化為普通的淚水，整個人逐漸變回那個最平凡，但也是最幸福的早餐店女孩。

但她的身影也變得越來越模糊。亞學知道，思穎即將要離開了。

突然間，他感覺到口袋中似乎有東西在隱隱震動。

「啊，差點忘了！」亞學趕緊把口袋裡的東西拿出來。那是他提前準備好的硬幣跟早餐店菜單。

把菜單放在地上後，硬幣很快動了起來，思穎還有訊息想跟他說。

其他人都湊到亞學身邊，跟亞學一起記下硬幣停留的地方。

思穎的身影完全從玉蓁的懷中消失時，玉蓁也感覺到了。

她轉過身來，臉上的淚水如雨般滾落。

「思穎剛剛說了什麼？」

亞學把菜單拿給玉蓁。剛才硬幣停留的地方，他也同時用筆做了記號。

「燴飯」的「燴」。

價目表上的「1」。

「果汁」的「汁」。

「再至現場拿取餐點」的「再」。

最後是菜單最上方的「玉蓁早餐店」。

就算不特地翻譯，每個人也都知道思穎的意思了。

她會一直留在玉蓁早餐店。

畢竟在那裡工作，是她這輩子最幸福的事情。

完

國家圖書館出版品預行編目資料

早餐店阿姨什麼都記得住：早安，今天的鬼故事加點洋蔥嗎？／作者 路邊攤、繪者 變種水母 . -- 初版：臺北市：三采文化股份有限公司 , 2024.12
面： 公分 . -- (iREAD)
ISBN：978-626-358-543-0（平裝）

1.CST: 文學小說 2.CST: 華文創作 3.CST: 奇幻小說

863.57 113016166

suncolor 三采文化

iREAD 173

早餐店阿姨什麼都記得住

早安，今天的鬼故事加點洋蔥嗎？

作者｜路邊攤 書封繪者｜變種水母
編輯四部 總編輯｜王曉雯 執行編輯｜戴傳欣
美術主編｜藍秀婷 封面設計｜莊馥如
內頁排版｜陳佩君 校對｜黃薇霓

發行人｜張輝明 總編輯長｜曾雅青 發行所｜三采文化股份有限公司
地址｜台北市內湖區瑞光路 513 巷 33 號 8 樓
傳訊｜TEL: (02) 8797-1234 FAX: (02) 8797-1688 網址｜www.suncolor.com.tw
郵政劃撥｜帳號：14319060 戶名：三采文化股份有限公司
本版發行｜2024 年 12 月 27 日 定價｜NT$420